그린비, 세상을 그리다

그린비, 세상을 그리다

초판 1쇄 인쇄_ 2013년 6월 20일 | **초판 1쇄 발행_** 2013년 6월 25일
지은이_그린비 | **엮은이_**오희정·이은희 | **펴낸이_**진성옥 · 오광수 | **펴낸곳_**꿈과희망
디자인 · 편집_김창숙, 박희진 | **마케팅_**최대현, 김진용
주소_서울시 용산구 갈월동 101-49 고려에이트리움 713
전화_02)2681-2832 | **팩스_**02)943-0935 | **출판등록_**제1-3077호
http://www.dreamnhope.com| e-mail_ jinsungok@empal.com
ISBN_978-89-94648-46-0 43810
※ 책 값은 뒤표지에 있습니다.
ⓒPrinted in Korea. | ※ 잘못된 책은 바꾸어 드립니다.

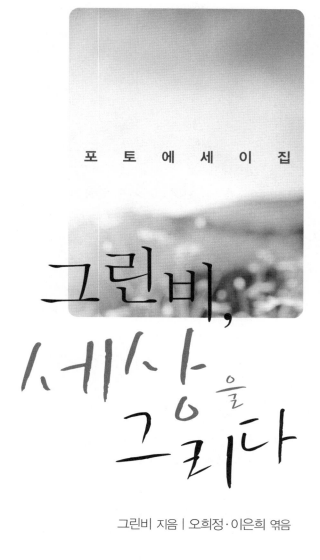

포토에세이집

그린비,
세상을 그리다

그린비 지음 | 오희정·이은희 엮음

꿈과 희망

'삶이란 무엇일까?'

요즘 들어 내가 자주 떠올리는 화두이다. 학교 생활에 떠밀려 이리저리 정신없이 살아가지만 어느 날 문득 나에게 다가온 삶의 그림자들을 만나면서 내 삶을 뒤돌아보고 머리에 떠올리게 된 질문이다. 투병생활을 하시는 시어머니와 대화를 나누면서 우리가 삶을 조금 더 진지하고 아름답게 영위해 나가야겠다는 생각이 들었다.

'어떻게 살아갈 것인가?'

어느 지향점을 갖고 시작한 삶이지만 어느새인가 그 푯대는 사라지고 살아가는 행위만 남는 것을 발견하면서 스스로를 돌아보고 자신의 삶을 정리해야 할 필요를 느낀다. 자신의 삶에 최선을 다하되 자신의 주관을 갖고 늘 새로운 마음가짐으로 살아가다 그 운명의 마지막 순간이 오면 감사히 그 길을 갈 수 있도록 지금의 삶을 살고 싶다.

2012학년도를 시작하면서 우리 학교 책쓰기 동아리 '그린비' 아이들과 함께 정한 테마가 '포토에세이'였다. 이제 열일곱, 열여덟 해를 살아온 그들이지만 그들 나름대로의 삶에 대한 진지한 생각과 철학들이 있을 것이라는 전제에서 시작한 작업이었다. 고등학교 남학생들이 삶을 살면서 느끼고 생각한 것들을 그들만의 포토에세이로 남기고자 하는 것이 이 책의 존재 이유이다.

시중에 나오는 전문적인 사진작가들의 사진은 아니지만 그린비 학생들이 갖고 있는 핸드폰 사진기를 비롯한 다양한 기기를 이용하여 자신의 눈에 비친 세상을 한 컷씩 자신의 삶이 담긴 에세이와 함께 담았다.

각 장의 큰 테마는 가족, 학교, 친구, 생명, 경험, 영화로 잡았는데, 내 팔 안에 들어오는 사람들, 내 삶의 테두리 안에서, 아름다운 시절의 동무들, 숨 쉬는 모든 존재의 경이로움, 열일곱 추억의 책장을 넘기며, 미디어를 통해 바라본 세상으로 그 부제를 삼았다. 각 테마에 그린비 학생들이 쓴 글들을 같은 주제끼리 모아 담았다.

일 년 동안 동아리 학생들과 부대끼면서 좋은 일도 있었지만 나의 작은 욕심으로 아이들에게 많은 요구를 하여 힘들게 했던 것이 더 많았던 것 같다. 인문계 고등학교 특성상 입시 위주의 수업과 활동에 찌든 아이들에게 시간을 내어 자신만의 글을 쓰라고 하는 요구가 그들에게는 부담이 되었을 것이다.

그러나 이러한 시간싸움과 노력이 없었다면 학기말이 되어서 과연 무엇이 남았을까 생각하면 힘들었던 그 시간마저도 감사할 따름이다. 글은 궁한 데서 나오고 세상의 어떤 의미 있는 결과물도 쉽게 나오지 않는다는 것을 감안하면 한 해동안의 이 작업이 감사하다. 책쓰기 프로젝트가 없었다면 이러한 작업도 없이 이들의 귀한 작품들이 흘러가 버리고 말았으리라.

동아리 활동을 해 주신 이은희 선생님께도 감사한다. 바쁜 일정 가운데서도 기꺼이 우리 그린비 아이들의 지도에 시간을 내서 온 정성을 다해 지도해 주셨다. 짧은 기간이었지만 우리 그린비 아이들과 함께한 시간들이 너무나 소중하고 감사하다. 이 두 번째 작품집을 통해 그린비 학생들이 삶이란 무엇인지, 어떻게 살것인지를 돌아보며 앞으로 영위할 삶의 활력소가 되기를 소망한다.

지도교사 오희정

책 머 리 에 Ⅱ

수업하는 동안에 눈이 왔다.

처음 내리기 시작할 때는 "예쁘죠, 선생님?" 하던 아이들이 눈이 제법 쌓이기 시작하자 흥분을 감추지 못하고 쉬는 시간마다 내달렸다. 눈뭉치를 만들어 서로를 향해 던져대는 것이 가장 주요한 일이었으며, 나름의 보드─자세는 가장 이것에 가까웠다─를 즐기기도 하고 담임선생님의 이름을 운동장에 새기기도 했다.

난리법석인 아이들로 인해 수업이 조금 늦어지고 복도가 눈과 물로 범벅이 되었지만 이해 못할 일은 아니었기에 웃음 섞인 질책으로 수업을 시작했고, 사실 난한 술 더 떠 평소 장난기 가득했던 아이들의 목덜미에 눈뭉치를 쑤셔 넣기도 했다.

이렇게 2012년 12월 7일의 성광의 하루는 저물어갔다.

매일의 추억이 이렇듯 한 겹 두 겹 쌓여가고 우리는 어느새 이 예쁜 녀석들을 사회로 내보내야 한다.

이번으로 두 번째 작품집이다.

작년에는 시를 읽고 그 속에서 펼쳐짐 즉한 일을 소설로 꾸며보는 것이 테마였다면, 이번에는 일상의 풍경들을 카메라 렌즈에 담고 이를 통한 사색을 짧은 글로 적어보는 것이 테마이다. 소설에 비해 더 간단하고 쉬울 줄 알았는데 그렇지가 않았다. 드라마나 영화 등에 익숙해진 아이들은 상상의 나래를 펴는 것이 주변의 사사로운 일들에 감명을 받고 사색에 잠기는 일보다 훨씬 쉬운가보다.

글을 쓰고 싶어 모이기는 했으나 뜻대로 되지 않아 힘들어 한 친구도 있었다. 조금은 어눌한 모습으로 세상에 나오게 되었으나 그 또한 이들의 고1·고2, 17·18살의 모습이기에 그대로 담아 내보낸다.

시간이 흘러 대학생이 되고 제대를 하여 이 글을 다시 보게 된다면 우리 아이들은 무슨 생각을 할까? 그들의 청소년기를 함께할 수 있어 행복한 나는 오늘도 이 아이들과 인생의 한 페이지를 '꾹' 찍는다.

Thank you for…

태중에 귀한 생명을 품고서도 몸을 사리지 않고 '그린비'를 지도해 주신 오희정 부장님께 감사드린다.

이 책이 세상에 나올 때면 아기도 건강하게 세상에 나와 그 기쁨을 함께하리라.

지도 교사 이은희

차례

책머리에 I _ 004

책머리에 II _ 006

|제1부| 내 팔 안에 들어오는 사람들

017   효자손 _김현무

020   가족, 사람을 움직이는 열쇠 _정승부

022   시계 _김민수

024   나를 품은 분 _이신명

026   냄새 _김병주

028   자식은 부모라는 신발을 신고 _한제윤

031   걱정 _장현호

034   포근한 잠자리 _최윤석

037   이 세상 하나뿐인 내 동생 _홍정호

040   공항교 _이문석

|제2부| 내 삶의 테두리 안에서

047 똑똑한 바보 _김현무

052 1학년 시절 _김민수

055 책상이 아닌 책상 _신재철

059 터널 _이현웅

061 인강(인터넷강의)세상 _한제윤

064 창문 너머로 보이는 건너편 중학교 _최윤석

067 나는 학생이다 _홍정호

069 교련선생님 _이문석

072 나는 교장이다 _이동광

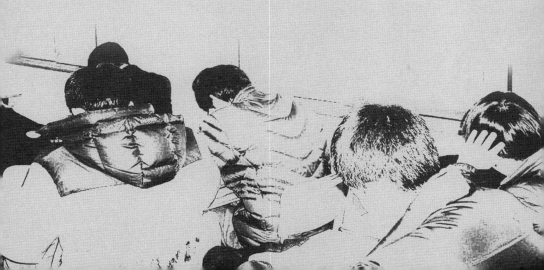

|제3부| 아름다운 시절의 동무들

077   등불 _정승부

079   LONELY _김민수

082   친구 _남중일

085   세 명의 친구 _이신명

087   제 2의 자신 _안진영

089   인연 _신재철

094   넓은 바다 _김병주

096   마음열기 _장현호

098   한라산 등반 _최윤석

100   나무와 친구 _홍정호

103   어린 시절의 내 친구 _이동광

105   용서의 꽃 _장세민

109   잊히지 않을 향기 _장재용

|제4부| 숨 쉬는 모든 존재의 경이로움

117 강아지 _정승부

120 생명 _남중일

122 겨울나무 _백민기

124 빈 화분 _안진영

126 바람, 햇살, 물결, 그리고 별 _김병주

128 우유곽 _한제윤

130 개미 _장현호

132 낡은 단풍 하나 _한좌현

134 생명 _홍정호

|제5부| 열일곱, 추억의 책장을 넘기며

139 바다 _김현무

145 잊었던 것들 _김민수

147 쑥스러움을 극복하자 _이신명

149 야구 _안진영

152 모래성 _신재철

156 그때 걸었던 그 길 _김병주

158 스트레스를 풀어준 소릿길 _장현호

160 외할아버지 _이문석

162 추억 속의 동굴 _이동광

165 어려운 이웃에 감사하자 _이동우

168 시간의 이유 있는 달리기 _이재훈

170 삼거리의 신호등 _장재용

|제6부| 미디어를 통해 바라본 세상

175   고전이라는 규범, 고전 _김현무

180   영화 'Catch Me If You Can'을 보고… _정승부

183   리얼 스틸을 보고… _남중일

185   무슨 말 한 겁니까? _김민수

187   일장춘몽 _이신명

189   집착은 젊은이의 전유물이다. _신재철

194   once again _김병주

196   영화 '죽은 시인의 사회'를 보고 _이현웅

198   대가 없는 사랑 – '마당을 나온 암탉' _한제윤

200   테이큰(Taken) _장현호

203   korea 코리아 _홍창현

205   스텝업4 : 레볼루션 _최윤석

제1부

내 팔 안에 들어오는 사람들

목차

효자손
김현무

가족, 사람을 움직이는 열쇠
정승부

시계
김민수

나를 품은 분
이신명

냄새
김병주

자식은 부모라는 신발을 신고
한제윤

걱정
장현호

포근한 잠자리
최윤석

이 세상 하나뿐인 내 동생
홍정호

공항교
이문석

효자손

_ 김현무

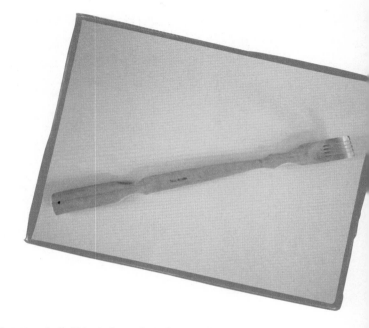

효자손을 이용해 등을 긁는 아버지를 본다. 효자손의 모양에 따라 벌게진 등을 보고 나면 자신도 가려움이 해소된 것 같은 느낌이 든다. 하지만 아버지의 표정은 무겁기만 하다. 과연 효자손의 효자(孝子)는 진정 효자(孝子)인가? 아니면 효자인 척하는 나무판자인가? 집집마다 하나씩은 가지고 있을 이 효자손. 손이 닿지 않는 곳을 긁고 싶을 때 더없이 좋은 물건이지 않은가. 효자라고 불리는 이 효자손을 사용하는 것은 인간의 불편함을 해소해 주는 물질적인 존재이기도 하지만 깊게 생각해 보면 효자손을 사용한다는 것이 결국 불편함을 해소하는 데에서만 그칠 수 있느냐는 점에 의문을 가지게 된다.

물론 가려운 곳을 긁고 싶을 때 효자손을 사용하는 것은 전혀 이상할 것이 없지만 과연 그 효자손이 가려운 곳을 긁어준다고 해서 효자(孝子) 손[手]이라고 인식될 것인가? 효자 역할을 하는 손이라는 명분으로 효자손이라는 이름이 붙여졌지만 결국 사용하는 사람은 등이 가려운 사람이며 결국 이것은 가려움을 해소해 주는 물건, 대나무에 불과하다. 효자손은 가만히 있고 자신이 효자손을 이용해 가려움을 해소하는데 오히려 효자손을 보고 효자라 칭한다. '등긁개'라고 표현할 수도 있는 대나무 작대기를 효자손이라 칭하는 것은 결국 등을 긁어주는 효자를 원하고 있다는 그리움의 표현으로 해석될 수 있다. 등만 긁으면 된다는 식의 의미는 이미 그 의미가 없어진 지 오래이다. 눈치가 있다면 결국 등을 긁는다는 것은 등을 긁어줄 사람[者]을 원하고 있다는 소리라는 점을 알아야 한다. 자신이 직접 등을 긁고 싶어 하는 것이 아니라는 것이다. 가끔 소파에 가족이 앉아 말없이 TV를 보고 있을 때면 부모님이 찾으시는 물건이 있다. 바로 효자손이다. 그러면 우리들은 서랍을 뒤져 효자손을 가져온다. 물론 잘못된 건 없다. 하지만 확실히 잘못된 점이 있다. 스스로 문답해 보아라. '부모님이 찾는 것이 바로 이것인가?' 효자손을 가져오라고 부모님은 말씀하시지만 사실상 부모님은 효자손을 원하고 있는 것이 아니라 효자의 손길을 원하고 있다. 딱딱한 대나무 대신 부드러운 살을 원하고 있다. 등을 긁어준다는 것은 단순한 가려움의 해소를 넘어선 정(情)의 표현이다. 서로 말을 하지 않더라도 등을 긁어주면서 서로에 대한 정과 사랑을 확인하면서 가려움의 해소 그 이상의 행복감을 얻는다. 가끔 자식들이 TV를 보다 등이 가려운 경우 어머니에게 등을 긁어달라고 요청한다. 그리고 어머니는 군말 없이 아들의 등을 긁어준다. 몇 십 초간의 짧은 시간 동안 아들은 묵묵부답으로 어머니의 손길을 받아들인다. 아들은 등을 긁어주었다는 정의 표현을 받고는 나름대로 뿌듯해 한다.

또 홀로 귀채를 후빌 수도 있지만 우리는 어머니에게 귀를 파달라고 요청한다. 그리고 우리는 군말 없이 어머니의 무릎에 누워 귀채를 파인다. 결국 신체적 쾌락을 넘어선 무언가의 존재를 우리는 원하고 있다. 목욕탕에서 아버지가 아들의 몸을 밀어주는 행동. 전문 때밀이사가 대기하고 있음에도 불구하고 아버지가 직접 때타월로 아들의 몸을 밀어준다. 단순히 돈을 아끼기 위해서일까?

아니다. 그것은 바로 정의 표현이며 사랑의 표현이다. 신체의 접촉보다 더 직접적인 표현 방법은 없다. 우리는 흔히 무뚝뚝한 아버지라고, 정이 느껴지지 않는다고 말하지만 사실상 아버지는 그 누구보다 직접적인 사랑의 표현을 하고 있었던 것이다. 어떤 식의 표현이 사랑의 표현이라고 생각하는가. 영화 '테이큰'의 아버지처럼 용감무쌍하게 싸워나가는 모습을 바라는가? 아버지가 말하는 사랑은 몸의 대화이다. 비록 집에서는 무뚝뚝할지 몰라도 그 누구보다 사랑을 주고 싶어 하는 존재이다. 목욕탕에서 아버지의 등을 밀어본 적이 있는가? 혹시 탈의실로 나가 머리를 말리고 옷을 갈아입고 기다리지는 않는가? 아버지는 홀로 때를 밀고 있다. 같은 시각 사랑의 표현을 받은 아들들은 맥반석 계란을 입안에 집어넣으며 싱글벙글 텔레비전을 시청하고 있다. 말로만 사랑한다고 표현하지 말고 신체적으로 표현해 보는 것은 어떨까? 단순히 가려움의 해소가 아닌 서로의 정을 느끼는 소중한 시간을 갖는 것은 진정한 효자손(孝子手)을 사용함으로써 가능케 될 것이다.

가족, 사람을 움직이는 열쇠

_ 정승부

　　여태 우리 일상생활 속에서 일어난 연쇄살인 사건의 범인들을 보면 우리는 그들이 불우한 가정환경에서 자라왔다는 것을 알 수 있다. 과연 그들의 가정환경은 그들에게 어떤 영향을 끼쳤을까?

　　가족이란 사람에게 있어 그들의 정체성을 확립시켜주고, '행복' 과 '안정' 을 느끼게 해준다. 또한 어려울 때 믿고 의지할 수 있다. 이러한 가족의 소중함에 대해 몰랐던 것이, 그들의 범죄에 가장 큰 원인이 아니었을까?

　　현재 우리는 가족이란 존재에 대해 너무나 소홀히 여기고, 또는 당연시 여긴다. 하지만 명심해야 할 것은 우리에게 당연한 가족이라는 존재가 누군가에게는 너무나 간절한 존재라는 것이다.

　　내가 어렸을 때 나는 집에서 나가 혼자 생활해 보고 싶었다. 나만의 생활을 누리며 자유로움을 느끼고 싶었다. 하지만 그것은 오산이었다. 가족이 곧 자유로운 생활을 보장해주며, 가족이 있는 집이야말로 진실한 '집'임을 깨닫는 데는 오래 걸리지 않았다.

　우리는 가족이란 존재를 감사히 여기며 또 누군가의 '가족'인 당신은 모두를 존중하며 행동해야 한다. 이게 곧 우리에게 있어서의 행복이니까.

시계

_ 김민수

똑딱똑딱 시계가 가는 소리가 들리지 않는가? 그리고 우리가 보고 있으나 외면하나 자신의 길을 성실히 가고 있지 않은가?

시계를 보면 항상 이런 생각이 든다. 저 시계는 아니 시간은 멈추는 날이 언젠가는 있을까? 항상 우리 곁에서 항상 똑같은 일을 하면서 있어준다. 우리의 소중한 사람들 특히 가족들도 시계 같지 않은가 라는 생각이 든다.

시간은 어떻게 보면 우리의 동반자나 조언자의 역할을 한다. 항상 우리와 함께 갈 수밖에 없으며 우리를 지키거나 혹은 상처를 입힌다. 우리는 가끔 "아 왜 이렇게 시간이 빨리 가지?" 혹은 "왜 이렇게 시간이 늦게 가지?"라는 푸념이나 원망을 한다. 하지만 시간은 언제나 우리에게 자신이 걸어가는 이 시간에 충실하라고 조언해 준다. 이는 가족도 마찬가지지 않은가? 가족도 시간처럼 항상 우리 곁에 있으면서 기쁠 때나 슬플 때 혹은 힘들 때도 언제나 서로를 수호하며 살고 있다.

그리고 시계는 1 다음에 2, 그 다음에 3 이렇게 되어 있다. 그렇다고 우리가 1이 5분이고 1 다음에 있는 작은 점 같은 게 6분이라고 쓰여 있어야 '아, 저건 6분이구나' 라고 알 수 있을까? 그건 아니다. 그 뒤 점이 6이라고 쓰여 있지 않아도 우리는 당연히 그 의미를 안다. 마치 우리가 가족 간에 서로서로 말하지 않고서도 속에 있는 참된 의미를 알 수 있는 것과 같은 이치이지 않겠는가.

우리는 살다 보면 시간의 존재를 잊어버리게 되는 날이 생각보다 많다. 하지만 이게 시간이 우리 곁에서 없어져 버린 건가? 아니다. 우리가 인식하지 못할 때도 시간은 우리의 곁을 맴돌면서 일분, 이분 멀어져 간다. 가족도 마찬가지다. 우리는 건강한 가족, 무탈한 가족 속에서 가족의 소중함을 전혀 모르고 살아 갈 수도 있다. 언젠가 소중한 줄 모르던 가족도 시간처럼 뒤돌아보면 돌이킬 수 없는 그런 상황이 올지도 모른다.

결국 그런 것이다. 시간도 가족도 조용히 숨죽이고 귀를 기울여야 그 진정한 의미를 찾아낼 수 있다.

그리고 시간도 가족도 그 모두 항상 그 자리에서 자신의 길을 성실하고 열심히 가면 결국 자신을 알아봐줄 것이다.

그러니까 참고 기다려야 하지 않을까? 왜냐고 물어본다면 이렇게 대답하고 싶다.

"가족이니까. 가족은 서로 이해하고 서로 통하는 제일 가깝고도 소중한 존재니까……."라고 말이다.

나를 품은 분

_ 이신명

　나무는 무엇을 품어줄 수 있을까요? 나무는 세상 만물을 다 품어줄 수 있습니다. 동물, 식물, 사람 등 모든 것을 품어줄 수 있습니다. 이와 같이 품어줄 수 있는 분이 우리에게 있습니다. 바로 어머니라는 분이죠. 어머니는 우리를 품어주십니다. 사춘기인 우리는 그런 어머니에게 상처를 줍니다. 그렇지만 어머니는 다 이해해 주셨습니다.

　어느 날이었죠. 제가 잠을 자려고 하던 중이었습니다. 어머니가 일을 다녀와 조용히 부엌으로 가 울음을 터트리셨습니다. 저는 그것을 보고 가슴이 찢어질 듯 아팠습니다. 저를 위해 고생하고 힘든 일을 속으로 끙끙 혼자서 앓고 계셨던 것입니다. 그런 어머니가 저를 품으려고 합니다. 하지만 요즘은 어머니의 눈물을 자주 봅니다. 그래서 그때마다 혼자 몰래 눈물을 훔치고는 하였습니다. 또 그때마다 가서 이런 말을 외치고 싶어집니다. '힘내'라고. 하지만 용기가 서지 않습니다. 그래서 이 글로 표현합니다.

"이제는 맘속에 있는 아픔을 떨쳐내고 밝게 즐겁게 같이 살아가자. 엄마 사랑해!"

사상가이자 철학자인 에머슨의 명언 중 이런 것이 있습니다.

"사랑은
모든 영혼을 채우는 빛이고
모든 가정의 성실한 건설자이며
모든 난로에 불을 지피는 석탄이다"

나무와 어머니가 나를 품고 세상 만물을 품을 수 있다는 것은 사랑이 있기 때문이라고 생각합니다. 그런 사랑은 영혼을 채우는 빛이기 때문에 그런 사랑을 받은 생물 또는 무생물은 더 빛나 보이고, 나무와 어머니의 사랑은 가정의 성실한 건설자이기 때문에 우리가 크고 발전하는 것입니다. 또 그런 사랑은 난로에 불을 지피는 석탄이므로 우리가 그 사랑을 받고 활활 타오르면서 열심히 살아갑니다. 그러므로 세상 만물을 이렇게 만들어주는 나무와 어머니의 사랑은 에머슨의 명언 속에 있는 사랑과 같습니다.

냄새

_ 김병주

요즘 사람들은 지친 일상 때문에 '가족'이라는 단어를 잊고 사는 듯하다.
나 역시도 예외는 아닌 것 같은데, 일단 가족 하면 떠오르는 단어가 '사랑, 따
뜻함, 포근함, 친근함' 이런 것들이 있는데 이런 모든 것이 신발장에 녹아 있는
것 같다.

신발장에는 우리가 매일 신고 다니는 신발이 있는데, 이 신발에는 우리 가족
들이 여러 곳을 다니며 담아 온 여러 정겨운 냄새들이 섞여 있어 가족을 가장
잘 떠올리게 해준다.

또 신발장을 보면 시장이라는 곳이 생각난다. 왜냐하면 우리 집 신발장과 비
슷하게 시장에는 여러 곳의 냄새가 군데군데 섞여 정겨움이 있는 대표적인 곳
이기 때문이다.

우리 집의 신발장 모습을 보면 아침 일찍 일터에 나가시느라 바쁘신 아버지는 크나 큰 신발장 같고, 매일 아침 규칙적으로 일하러 가시는 어머니는 예전에 할아버지가 우리 집에 오셨다가 놔두고 가신 고무신 같으며, 항상 학교에 늦을까 봐 허겁지겁 서두르는 나와 내 동생은 낡은 운동화 같다.

이와 같이 매일 아침 우리 가족의 신발장은 바쁜 모습이 역력하다. 하지만 밤의 신발장 모습은 술 한 병 사들고 맛있는 음식을 사오시는 아버지, 야간자율학습이 끝나고 돌아오는 나를 반겨주시는 어머니, 그리고 내 동생이 있다. 이런 모습을 보면 신발장은 우리 가족과 나를 이어주는 매개체 역할까지 해주는 것 같다.

요즘 들어서 신발장을 오고 나설 때 서로 바빠 안부 물을 시간도 얼마 없지만 신발장에서 신발을 신으며 지나칠 때만이라도 가족을 생각하고 아끼는 마음을 가져본다면 더욱 연대감 있고 좋은 가족이 되지 않을까 생각한다.

가족의 냄새가 묻어 있는 신발장이 나는 좋다.

자식은 부모라는 신발을 신고

_ 한제윤

　나를 포함한 많은 자식들은 부모라는 신발을 신고 세상을 달린다. 우리 인간들은 누구나 신발을 신고 길을 걸어 다닌다. 하지만 그 신발 덕분에 맨발로 달리기에는 위험하고 어려운 땅을 편안하고 안전하게 달릴 수 있는 것에 대해 감사를 느끼는 사람은 거의 없다. 신발처럼 편안하고 안전한 삶을 살게 도와주시는 부모 덕분에 우리는 미래를 위해 달릴 수 있지만, 우리는 그 은혜를 크게 마음에 두지 않는다. 그래서 자식인 우리들은 부모들의 노력과 고생에 대해 알기 위해 노력해야 한다.

　비록 자식들이 그것을 모른다고 하더라도, 자식들을 위해 부모는 그들의 모든 것이라 해도 과언이 아닐 만큼 많은 것을 희생하고 있다.

　첫째, 그들은 멋진 옷, 맛있는 음식, 하고 싶은 것들을 희생한다. 그들은 자신이 입고 싶은 옷이 있더라도 참고, 자식이 밖에서 잘 보이게 하기 위해 멋지고 예쁘게 입힌다. 맛있는 음식이 있더라도 자식들이 맛있게 먹는 모습으로 배가 부르다며 사양한다. 또 자신들의 휴식 시간도 자식들과의 시간을 위해서 희생 한다.

둘째, 그들은 일을 하며 평생의 시간을 보낸다. 우리는 그들이 없었더라면 재 정상의 문제가 심각해질 것이다. 이런 편안한 생활을 누리긴커녕, 먹는 것도 제 대로 먹지 못해 목숨을 이어가기도 힘들 것이다. 하지만 그들은 우리를 위해서 공부보다 힘든 일을 한다. 개미처럼 일하는 것이 일상이 되어버린다. 그리고 일 을 하고 돌아와 힘들어 술을 마시며 괴로워하더라도 다음 날엔 다시 일상으로 되돌아간다. 그렇게 약 30, 40년을 힘들고 괴로운 나날을 보낸다. 그들을 위해 서가 아닌 우리를 위해……

셋째, 그들은 그들의 편안한 노후생활을 포기하고서라도 우리의 교육과 양 육을 위해 돈을 쓴다. 우리나라의 현재 자녀 1명의 교육비를 포함한 양육비는 2억 6, 7천만 원이나 된다. 매월 중산층은 200~300만 원, 부유층은 400~500 만 원으로 생활할 수 있다. 1년이면 중산층은 2400~3600만 원, 부유층은 4800~6000만 원이므로 자녀 1명 양육비로 중산층의 생활을 약 10년, 부유층 의 생활을 약 5년을 누릴 수 있는 것이다.

하지만 그들은 이런 많은 것들을 잃으면서도 자식들에게 그들의 큰 희생에 상응한 보답을 바라지 않거니와 원망도 하지 않는다. 때때로 사춘기라는 어리 석은 핑계로 부모에게 은혜를 갚기는커녕 인간의 선을 넘는 몹쓸 짓들도 서슴 지 않는데……

옛날에 SBS에서 방영한 '긴급출동 SOS'라는 프로그램을 보면 부모를 욕하 고 폭행하는 자식들이 있다는 것을 알 수 있다. 또 뉴스에도 폭행뿐만이 아니 라 부모를 살해하는 패륜아에 대한 기사가 끊임없이 나오고 있다.

또 내가 학교에서 반 친구들과 '부모님들'이라는 화제로 이야기를 나눌 때 가 있다. 그런데 놀랍게도 이들 중 부모와 싸운 적이 있는 학생, 부모를 대상으로 친구에게도 하기 힘든 욕을 하는 학생, 부모가 없어지거나 죽기를 원하는 학생, 가출을 했던 학생, 부모와 주먹을 주고 받은 학생들을 어렵지 않게 볼 수 있었다. TV 프로그램이나 뉴스에서만 볼 수 있다고 생각했던 일들이 나의 주변에도 존재한다. 이 현실이 너무나 안타까울 뿐이다.

　부모라는 이름의 신발은 자식인 우리가 신고 걸어 다니기 때문에 세상의 많은 때가 묻어 더러워지고, 너덜너덜해졌다. 우리는 이런 신발들에게 아무런 감사의 감정을 갖지 않는 점에 대해서 반성을 하고 부끄러워할 줄 알아야 한다. 신발들은 절대 우리를 위해 희생한 것에 대해 우리를 탓하지 않으며, 후회하지도 않으며 긴 세월을 보낸다. 과연 이 신발들은 아무 생각도, 꿈도 없으며, 무엇이 좋은 것인지, 무엇이 편한 인생인지 모르는 바보일까? 아니라면 도대체 무엇이 신발인 부모를 이토록 힘들고 희생하도록 할까? 우리들이 꿈을 이루고 행복하게 사는 모습을 보는 것, 그런 정말 사소한 것 때문에 부모는 많은 것을 희생한다. 그렇기 때문에, 그런 훌륭하신 분들에게 불효를 저지르는 만행은 절대 용서받을 수 없다. 우리는 부모라는 신발이 힘을 다하고 더러워진다면, 그들의 은혜를 깨달아 너무나 열심히 살아온 신발들을 이제는 편안하게 지내도록 씻겨주고 쉬게 해주어야 한다.

걱정

_ 장현호

　내가 초등학교에 들어가고 난 후의 일이던가? 천주교 신자인 나는 주말에 성당을 매주 가고 있다. 그 일이 있던 날도 미사를 마치고 난 후였다. 평소와 같이 미사를 마치고 나와 같은 성당에 다니는 아이의 집에 따라간 적이 있었다. 따라갔던 그 집에는 결국 들어가지 못했고, 어릴 때부터 길치였던 나는 패닉에 빠졌다. 눈앞을 뿌옇게 가린 눈물을 계속 소매로 훔쳐대면서 달렸다. 그렇게 정신없이 달리다가 어느새 정신을 차려보니, 집 근처 구멍가게에 도착해 있었다. 거기서 누나가 가져다주는 사탕을 먹으면서 부모님께서 오실 때까지 훌쩍이고 있었다.

　이 일이 있고 난 1년 후였던가. 이 일과 비슷한 일이 또 생겼다. 초등학교 2학년이 되던 그 해, 나와 누나는 어머니께서 일하시는 곳에 가겠다고 집을 나섰다. 정확하게는 어떻게 가야 할 줄을 몰랐기 때문에 도로에 있는 이정표를 보고 길을 따라갔고, 어머니께서 일하시는 곳에 도착해 어머니와 인사를 했다. 그렇게 그곳을 누비며 다니다가 집에 가려고 밖에 나왔는데, 그때 일이 터졌다. 누나와 나는 어렸을 때도 그랬고, 지금도 그렇고 약간 길치기(?) 가 있다. 게다가 그 당시에는 초등학교 2학년이었으니 사정이 더 심했을 것임은 말하지 않아도 알 것이다. 집으로 가려고 밖을 나섰는데 도무지 이정표를 봐도 길을 찾지 못했다.

결국 나는 누나와 함께 근처 파출소를 찾아갔고, 거기 계신 경찰 분의 도움으로 엄마에게 연락해 안전하게 집에 도착할 수 있었다.

그 당시 전화를 받은 엄마는 막 퇴근을 하시고 장을 보던 중에 자식들이 길을 잃고 파출소에 있다는 전화를 받으셨고, 놀란 마음에 부리나케 달려 오셨다. 이런 일이 있을 때마다 부모님께 잔소리를 들으며 훈계를 받았다.

그 잔소리가 당시에는 어찌나 듣기 싫던지. 속으로는 '왜 자꾸 나도 아는 걸 계속 얘기하는 거지?' 하는 생각을 하며 짜증이 가득한 표정이었다. 부모님께서는 너무 걱정이 된 나머지 말을 하실 때 흥분을 하셔서 그랬는지 약간 화가 난 어투로 말을 하셨다.

당시 부모님의 심정을 헤아리기에는 어렸던 나는 부모님의 마음도 모르고 곧이곧대로 나에게 화를 내시는 줄로 알았다. 그렇지만 지금 와서 다시 생각해 보니 그때 부모님이 화를 내신 것이 아니라, 당신 자식이 잘못 되었으면 어쩌나 하는 걱정이었던 것 같다.

나는 생각이 이쯤에 미쳤을 때 마음속 한 구석이 따뜻해져 옴을 느낀다. 마치 차디찬 손등이 난로에 닿은 것처럼. 사실 우리는 이런 난로가 여럿 있다. 그 난로는 바로 '가족'이다. 항상 나에게 무슨 일이 생길 때 가장 먼저 달려와 나를 걱정해 주는, 또 상처를 받아 차갑게 식은 내 마음을 따뜻하게 덥혀주는 사람. 그것이 바로 '가족'인 것이다. 1분 1초 정신없이 돌아가는 이 순간에도, 다가가면 거짓말처럼 마음이 편해지는 사람. 그래서 언제나 함께 있고 싶은, 그런 사람이 '가족'이다.

　밤이 깊어가는 가을. 동장군이 창을 땅에 꽂으려 맹렬한 기세로 달려오는 이 가을밤에, 가족들과 오순도순 모여 서로의 따뜻함을 나눠보는 것은 어떨까?

포근한 잠자리

_ 최윤석

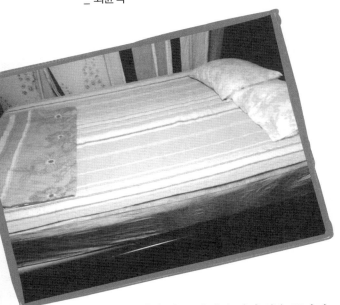

현대 정신없이 바쁜 생활 속에서 일을 끝마치고 집에 들어와 말끔히 씻은 뒤 늦은 밤 내일을 위해 침실로 가서 잠을 청한다. 이 모습은 아마 우리 모두의 모습일 것이다. 물론 침대를 사용하지 않는 가구도 있겠지만.

무척이나 보편적이고 단순해 보이는 침대의 역사는 이집트의 고왕조 시대부터 시작된다. 서양에서는 고대 이집트에서 현대에 이르기까지 오랜 전통이 계승되어 민족·풍토·생활양식 등의 여러 조건에 의해 여러 가지 형태의 침대가 있다고도 한다. 또 이집트의 4개의 동물다리 형태로 지지하고 그것에 족대를 붙인 형식도 있다고 하며, 귀부인의 침대에는 머리 모양이 흐트러지지 않게 하기 위한 머리받이가 비치되어 있는 침대도 있다고 한다. 중세 영주의 저택에는 방구석에 보온을 위하여 천장에서부터 커튼을 내리고 그 안에 목제침대를 설치하였고, 프랑스와 북유럽에서는 4개의 조각된 기둥으로 천개를 떠받친 형식도 있다고 한다. 이와 같이 그저 그런 침대도 시간이 지날수록, 지역이 다를수록 침대의 형태는 가지각색이었다. 보편화·단순화된 현대의 침대와 비교하자니 '이 정도였어?' 라고 생각할 정도로 많았던 것 같다.

사람들에게 이 침대라는 것이 어떤 이미지냐고 묻는다면 아마 대다수의 사람들은 '지친 피로를 풀고 제일 편한 포근한 것' 이라고 할 것 같다. 이 침대는 요즘같이 바쁘고 정신없는 현대에 몸과 마음을 차분히 할 수 있는 시간을 주고, 또 침대에서의 시간은 여러 가지 생각을 할 수 있는 하루 중 최고로 편한 일과가 아닐까 싶다. 나는 이 침대를 보고 있자니 포근하게 감싸주고 쉬게 해주는 것이 마치 어머니와 비슷한 것 같다. 침대 자체의 포근한 이미지가 아니더라도 침대에 얽힌 부모님과의 추억이라면 많은 것이 있지 않은가? 예를 들어 어렸을 적 아버지, 어머니와 함께 한 침대에서 잠에 든 경험같이 말이다. 요즘같이 바쁘고 집에서도 시간이 엇갈려 얼굴을 볼 수 없는 때에 얼마나 정답고 좋은 추억인가 싶다. 곰곰이 생각해 보면 나는 그때만큼 가족의 온기를 느낀 일은 없었던 것 같다. 그 추억이 너무도 그립다.

우리 집에는 나의 침대를 제외하고는 항상 비어 있다. 부모님이 밖에 나가 바쁘게 돈을 벌다 보니 집에 들어와 마주칠 시간이 별로 없다. 초등학교까지 부모님과 함께 잠을 잤었는데 그때 당시엔 '나도 어느 정도 컸는데, 부모님과 함께 잠을 자기 부끄럽고 싫다' 라고 생각을 했었다. 그런데 막상 지금에 와서 집엔 아무도 없고 방문을 열었을 때 텅 비어 있는 침대를 보면 마음 한구석이 텅 비는 느낌이 든다. 다른 사람들은 비웃을지 모르지만 나는 지금도 아주 가끔씩 부모님과 함께 잠을 자곤 한다. 그럴 때면 이 침대가 얼굴을 마주보고 얘기를 나눌 시간도 없는 부모님을 바로 옆 가까이에서 볼 수 있고 얘기도 나눌 수 있으니 얼마나 고마운지 모르겠다. 나는 이런 것에서 소소하게라도 행복을 느낀다. 그럴 때면 부끄럽다고 생각했던 것이 너무나도 배부른 소리가 아니었을까 싶다.

요즘은 가족이 옆에 있다는 것이 당연하다고 생각하는 경향이 많아 소중함을 모르는 것 같다. 만약 어느 누군가의 집에 장기간 부모님이 자리를 비운다면 잔소리를 할 사람이 없고 내 생활을 간섭할 사람이 없어지니까 좋다고만 생각할 것이다. 과연 그 생각이 얼마나 갈까. 또, 그것이 가족을 대하는 것이 어려운 나 같은 사람에겐 얼마나 비수를 꽂는 말일까 생각해 보았으면 좋겠다. 지금부터라도 가끔은 직장을 다녀오시고 피곤한 부모님께 부끄럽지만 사랑한다는 말 한마디라도 전하며 가끔씩 부모님과 함께 잠을 자보는 것은 어떨까? 아마 같이 자본 것이 너무도 오래 되어서 함께 잠을 청하다 보면 잠버릇에 놀라보기도 하고 처음 함께 자는 것 같이 생소할지도 모르지만, 그 생소한 느낌은 곧 따스한 온기가 되어 돌아오고 몸과 마음이 편안해질 것이다. 오늘 밤도 침대에서 혼자 잠을 잘 것이 아니라 돌아오신 부모님께 수고하셨다는 말 한마디하며 꼭 침대가 아니더라도 함께 몸 뉘이고 잠을 청해보는 것은 어떨까? 많은 얘기를 나누고 많은 생각을 해볼 특별하고 좋은 기회가 될 것이다.

이 세상 하나뿐인 내 동생

_ 홍정호

내가 어릴 적 정확히 몇 살인지는 생각이 나지 않지만 5~6살이었을 것이다. 그때 어머니께서 임신을 하셨지만 낙태를 하셨다. 이유는 어머니께서 임신인지 모르고 파상풍 주사를 맞으셨기 때문이다. 그 주사를 맞고 아이를 낳으면 기형아로 태어날 확률이 높다고 하였다.

어머니의 임신 소식을 들은 나는 난생 처음 동생이 생겼다 생각하고 무척 기뻐했었다. 드디어 나도 혼자가 아니구나! 여동생일까? 남동생일까? 이런 즐거운 상상을 했지만 엄마와 아빠 얼굴엔 근심이 가득했다. 낳아야 할지 아니면 포기를 해야 하는지. 결국 포기를 하기로 하였고 어머니는 엄청난 죄책감에 싸여 있었다.

그땐 내가 나이가 어렸었지만 어머니를 많이 위로했던 기억이 나고 어머니를 다시 웃게 만들려고 온갖 재롱을 부렸었던 것 같다.

어머니께선 임신 공포증이 생기셨다. 다시 또 이런 일이 생길까 봐 무서워하셨다. 하지만 우여곡절 끝에 임신을 하시고 지금의 내 동생이 태어났다. 나는 너무나 기뻤다. 어렵게 얻은 동생인 만큼 잘 대해 주고 학교 갈 때도 데려다 주었고 많이 이해해 주려고 하였다. 하지만 커가면서 점점 무심해지고 관계가 악화되었다. 그리고 고등학생이 되고 매일 야자를 하고 학원 때문에 바빠서 동생에게 더 많이 소홀히 대하게 되었고 더 많이 티격태격 거리고 의견 충돌이 예전보다 많아졌고 요샌 말도 잘하지 않는다.

그런데 지금 이 글을 쓰면서 다시 옛날 일을 생각해 보니 내가 고등학생이라는 핑계로 동생에게 많이 소홀해졌고 너무 못해준 것 같고 형다운 행동을 보여주지 못해 미안한 생각이 든다. 학교에서 야자 하고 집에 돌아와 스트레스를 풀려고 컴퓨터를 하려고 할 때 동생이 하고 있으면 내가 컴퓨터 할 거라고 성질내고 다퉜던 게 기억이 난다. 그래서 아버지께 많이 맞았다. 맞을 때는 정말 납득이 되지 않았다. 야자 끝나고 늦게 집에 돌아오는데 컴퓨터 한다고 안 비켜주는 게 말이 되는가? 이런 생각으로 자기합리화를 했다. 한 대 한 대 맞을 때마다 뼈 속 쓰라림이 느껴졌다.

갑자기 내가 동생을 때린 게 생각이 난다. 동생도 나랑 싸웠을 때 얼마나 아팠을까? 갑자기 가슴이 아련해진다.

동생에게 미안한 마음이 생각이 나서 동생에게 내 마음을 전해 주려고 동생방에 들어갔지만 괜한 자존심 때문에 그냥 말다툼만 하고 나오는 일도 많았다. 이런 내 마음을 몰라주는 동생이 밉기도 했지만 언젠간 동생도 나처럼 글을 쓰거나 어떠한 계기로 내 마음을 알게 될 것이라 생각한다. 나도 이 글을 쓰기 전에는 동생에게 반감이 있었고 편견을 가지고 있었는데 글을 쓰면서 오해였던 것 같고 이러한 내 마음이 차가운 눈의 장벽을 따뜻한 햇볕이 서서히 녹이듯 따뜻해져간다.

지금은 가을, 여름의 따사로운 햇빛과 뜨거움을 달래주는 서늘한 바람이 서서히 불어오듯 동생과의 마음속 두터운 장벽이 조금씩조금씩 허물어져 간다. 이 글을 쓴 계기로 동생과 다시 가까워지고 좋은 추억을 만들어가고 나쁜 일이 일어나지 않길 바라며 이 글을 마친다.

공항교

_ 이문석

이 글을 쓰기 전에 나는 이 글을 쓸지 말지 엄청 많이 고민했다. 이 '공항교'라고 붙인 제목은 내가 17년을 살아오면서 최고의 비극에 얽힌 이야기라고 생각한다. 때는 중학교 3학년 때이다. 나는 중학교 1학년 때 왜관에서 '칠곡'으로 올라왔다. 중학교 3학년, 그때 나의 방황과 일탈로 인해서 우리 가정은 일 년 동안 엄청난 지옥 속에서 살아왔다. 중학교 3학년 여름방학 때에는 잠을 잘 때 집에서 자지 않고 매일 같이 외박을 하면서 밖에서 친구들과 함께 보냈다. 오후에 집에 와서 샤워를 하고 또 나갔다. 그리고 저녁은 밖에서 친구들과 보냈다. 또 그 다음날 오후에 집에 와서 샤워를 하고 나갔다. 이런 생활이 반복되었다. 그때 아버지는 아파트 앞에서 새벽 2시까지 나를 기다렸다. 지금 생각해도 슬프다. 그때 나는 아무것도 모르고 놀았다. 놀다가 몸이 지쳐서 쓰러지겠는데

도 계속 놀았다. 계속 아버지의 가슴에 못을 박았다. 여름방학이 끝나기 이틀 전 나는 집으로 돌아왔다. 아버지는 그때 나에게 와서 말했다.

"문석아… 이제 방황을 그만하고 마음 좀 잡아보렴."

그렇다. 아버지는 여름 동안 참았다. 피눈물이 났지만 참았다. 이렇게 부드럽게 말하셨지만 엄청난 슬픔, 그동안의 고통을 나는 느꼈다. 그때 아버지께 앞으로는 절대 그러지 않겠다고 말했다. 그러나 나는 이후에도 노는 것에 대한 유혹을 참지 못하고 학교 다니는 중에도 집에 들어오지 않고, 밖에서 자고, PC방, 노래방에서 보내면서 어른들 흉내도 내보았다. 그 해 가을 아버지께서 내게 말했다.

"문석아, 우리 복현동으로 이사 가자. 그리고 그곳에 있는 고등학교 가자. 친척들도 다 거기 있고, 이제 고등학교 올라가면 공부도 해야 되지 않겠니?"

나는 가기 싫었다. 이곳이 좋았다. 이곳 친구들이 정말 내 인생의 평생친구이고, 가장 마음 맞는 친구라고 생각했기 때문이다. 나는 아버지한테 말했다.

"그냥 여기 있어요. 뭐 어딜 가나 저 하기 나름인데 그곳에 가서도 마음 못 잡을 수도 있잖아요?"

그때 나는 아버지의 가슴에 송곳을 박았다. 그렇게 말한 것이 지금 후회된다. 어쨌든 나는 그 해 가을 복현동으로 이사를 왔다. 그러나 나의 방황과 일탈은 멈추지 않았다. 가을… 그리고 겨울… 나는 복현동에서 북구1 버스를 타고 칠곡으로 가서 밤새워 놀았다. 종종 집에 들어오지 않았다. 아버지는 나에게 모든 방법을 다 써보았다. 집에서 내쫓기도 하였고, 용돈을 안주기도, 밥을 굶기기도, 매를 들기도 하였다. 그런데 나는 왜 그리 철없던지 그렇게 벌을 받고도 놀았다.

그렇게 겨울방학이 되었고, 내가 아버지와 같이 공항교에 갔을 때 일이다. 나는 또 외박을 하고 다음날 11시 집에 도착했다. 집이 컴컴하다. 엄마는 침대에 누워 있으시고, 아버지는 내 방에 있는 내 침대에 앉아계신다. 나는 옷을 갈아입는다. 아버지는 나에게 옷 갈아입지 말고 그대로 따라오라고 말하셨다. 나는 어리둥절하기도 하고 불안한 마음에 따라 갔다. 나는 아버지와 집 앞 '공항교'라는 다리로 갔다. 그리고 아버지가… 아버지가 눈물을 흘리시며 말한다.

"문석아…. 그냥 우리 죽자."

놀랐다. 불안했다. 정말 진지했고, 나도 따라 눈물이 흘렀다. 여름방학 때 이후 두 번째 눈물이다. 나는 먼저 아버지를 설득해 보고자 하였다.

"아, 아버지 또 왜 그래요… 이제 안 그런다니까요…."

"맨날 맨날 안한다. 또 안한다. 내가 어떻게 너를 믿냐? 너 아버지 아들 맞긴 하는 거냐?"

슬펐다. 펑펑 운 것이 후회되었다. 우리 아버지는 엄하시다. 그런데 그때는 슬퍼보였다. 우리는 서로 눈물을 흘리며 얘기를 하였다. 그렇게 한 시간 동안, 아니 두 시간 세 시간 해가 뜨기까지……. 그렇게 얘기를 하는 도중 아버지께서 말하였다.

"너… 칠곡 안 갈 자신 있냐?"

자신 없었다. 다시 또 칠곡에 가서 놀 것 같았다. 내가 생각해도 나는 그런 놈이라고 생각한다. 그저 눈물이 났다. 아버지께서 다시 말하셨다.

"너!! 칠곡 안 갈 자신 있냐고?"

"……."

"왜 말을 안 해!! 안 갈 자신 있냐고…?"

"……."

"너!! 정말 아버지 죽었으면 좋겠냐?"

"……."

입이 떨어지지 않았다. 계속 울었다. 그저 울었다. 갑자기 아버지께서 나를 안아주셨다.

"문석아, 제발… 안 가겠다고 해라. 그럼 아버지는 너를 믿는다. 다시 시작하면 된다."

소리 내어 울었다. 몇몇 사람들이 쳐다보았지만 부끄럽지 않았다. 아버지께 부끄러웠다. 울다 지쳐서 온 몸에 힘이 풀렸다. 나는 아버지께 말했다.

"… 한 번 믿어주세요."

아버지와 나는 강을 계속 쳐다보았다. 몇 분을 그렇게 있었을까 아버지는 나에게 먼저 집에 들어가라고 손짓하였다. 나는 그 자리에 멍하니 있었다. 아버지는 일어나서서 강가를 따라서 걸으셨다. 나는 한참을 그곳에서 있다가 집으로 돌아왔다. 그때 공항교 강물은 다른 때보다 물이 가득 찼다.

제2부

내 삶의
테두리
안에서

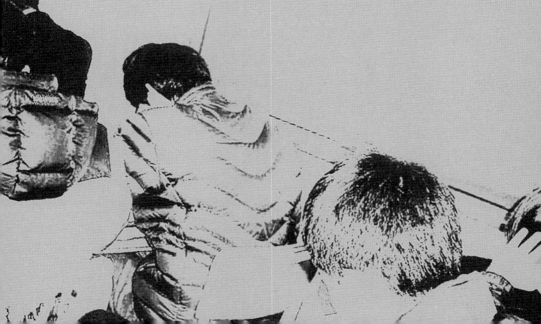

목차

똑똑한 바보
김현무

1학년 시절
김민수

책상이 아닌 책상
신재철

터널
이현웅

인강(인터넷강의)세상
한제윤

창문 너머로 보이는 건너편 중학교
최윤석

나는 학생이다
홍정호

교련선생님
이문석

나는 교장이다
이동광

똑똑한 바보

_ 김현무

　야간자율학습이 있는 날이면 교실은 조용하다. 하지만 그렇다고 모든 학생들이 똑같은 행동을 하는 것은 아니다. 핸드폰을 만지거나, 잠을 자거나, 공부를 하거나, 다양한 행위가 학급 내에서 일어난다. 물론 이 중에서 1순위는 공부를 하는 사람들에게 돌아간다. 이처럼 학교 내에서 공부라는 것은 자신의 위치를 알려주는 기호임과 동시에 미래를 위한 필연적인 방향이다.

　하지만 지식이 각광받는 시대는 지났다. 지금은 지식보다 지혜를 강조하는 시대가 되었다. 이는 지식이 넘치는 사람들이 많기 때문에 생기는 불가피한 변화이다. 지식을 가지고 있는 똑똑한 자들은 많지만, 지혜를 가지고 있는 자들은 드물다. '똑똑한 바보'는 이를 보고 말하는 것이다. 추상적인 이치를 가지고 있음에도 실생활에 적용시키지 못하는 그런 바보들 말이다. 유감스럽게도 학교에는 그러한 바보들이 넘쳐난다. 윤리점수를 1등급 맞는 학생이지만 실생활에서 비치는 그의 윤리적 행태는 점수와 상반된 모습을 보인다. 즉 공부를 통해 아무리 공자 왈, 맹자 왈, 인의예지와 사단칠정이라는 이치를 배웠음에도 이를 실생활에 실천을 하지 못하는 것이다. 이치를 앎으로써 지식을 확장시켰지만, 지혜를 깨닫지는 못한 것이다. 만약 공부를 통해 진정 그의 의식을 '깨달았다'면 그는 지혜를 확충해나간 것이리라. 하지만 그렇게까지 깊게 들어가는 사람은 없다. 단어를 암기함으로써 얻는 지식만이 있을 뿐이다. 왜냐하면 학교의 시험은 지식만을 보기 때문이다. 결국 지식이라는 앎이 있음에도 불구하고 행하지 못하는 것이다.

사실 대한민국에는(북한을 배제하면) 마땅한 자원도 없고 넓은 땅도 없다. 그야말로 인간뿐인 나라이다. 그렇기에 인간은 국가를 움직이는 원동력이 된다. 국가를 움직이기 위해선 다른 나라와 차별화되는 인간을 양성해야 하고 이는 곧 주입식 교육의 시작이라고 설명할 수 있다. 빈곤한 처지였던 40년 전으로 태엽을 돌려보면 이러한 교육의 시작은 성공적인 결과를 낳았다고 할 수 있다. 세계를 놀라게 했으며, 밝은 미래를 위한 길을 터주었기에. 하지만 이로 인한 부작용 또한 만만찮다. 자살률은 1-2위를 다투며, 학교폭력은 최악의 상황에 직면해 있고, 윤리적 시민의식이 낮은 수준에 머무르고 있으며, 국가에 대한 신뢰도가 크게 떨어진다. 득을 위한 실이라고 보기에는 출혈이 상당하다.

특히 요즘 논란이 되고 있는 학교폭력의 실태. 이는 인간의 윤리적 측면을 지식보다 아래에 둔 주입식 교육의 부작용이라고 생각한다. 모든 사람은 인간적으로 평등하다는 의식을 사회시간에 배웠겠지만 그들은 평등사상이라는 지식만을 알 뿐, 그 이상으로 다가가지 못한다. 그로 인한 지혜의 공허함이 결국 학교폭력이라는 부작용을 야기시킨 것이다. 하지만 교육부는 강력한 처벌을 강조하면서 학교폭력을 잠재우려고 한다. 하지만 일부러 회피하는 것인지, 모르고 있는 것인지, 현재의 교육에 대한 문제점을 말하지 않는다. 교육부라는 중심축의 근간이 변화되어야 주체적인 변화가 이루어지는데, 무조건적인 규제를 통한 강제적인 완화는 오히려 해를 불러일으킬 수도 있다. 결국 학생들은 가해자이면서 피해자이며, 사회통념상 용인될 수 없는 위법을 저지름에도 불구하고 이를 인지하지 못하고 있다. 이는 학생들의 윤리적 실태와 인성이 제대로 함양되지 않았다는 점을 그대로 말해 준다. 주입식 교육이 나쁘다고 생각하는 것 또한 잘못된 생각이겠지만 이를 계속 끌고 가려고 하는 태도도 지탄받아 마땅하다.

대한민국과 비슷한 처지의 나라인 핀란드는 옛 시절을 생각한다면 우리나라와 유사하다. 2차 세계대전으로 인해 국토가 폐허가 되었고, 강대국들 사이에서 마땅한 자본력과 자원도 없이 어깨싸움을 했어야 했다. 그때 핀란드는 인적양성을 위해 온 힘을 쏟았다. '사람이 곧 국력이다'라는 의식이 강하게 박혀버렸기 때문이다. 하지만 그들은 모든 사람들에게 높은 지식을 부여하는 '주입식 교육'이 아닌 사람들 각각의 인성과 특기를 최대한으로 끌어내기 위한 '창의성 교육'을 시작했다. 인성과 윤리적 성숙이 공부보다 우선이라는 점이다. 즉 지혜를 먼저 습득한 뒤 지식으로 나아간다는 것이다. 결과는 어떻게 되었을까? 학생들의 만족도에서도, 성적에서도, 그리고 그들의 미래에서도 우리나라와는 확연한 차이를 보인다. 특히 학생들의 학업만족도와 학교에 대한 신뢰도는 우리나라에 비해 훨씬 높으며, 성적 또한 근소하지만 수학을 제외한 모든 과목에서 앞선다. 그들의 미래에 대한 자세 또한 우리들의 관점과 사뭇 다르다. 핀란드인들은 자신들의 직업에 대해 자부심을 가진다. 버스기사—변호사, 페인트공—의사의 직업 만족도가 비슷하다. 스스로 자신들의 직업에 대해 만족을 하고 있다는 증거이다. 하지만 우리나라에서 페인트공과 버스기사는 하찮게 여겨질 하류직업일 뿐이다. 이처럼 사회를 바라보는 관점 자체가 교육을 통해 바뀌게 된 것이다.

현재의 학구열을 정면으로 돌파하고 있는 자들에게 핀란드와 같은 식의 교육은 그야말로 유토피아에 가깝다. 주입식 교육을 추진하고 있는 학교에서도 영상을 통해 핀란드식의 창의적 교육을 강조하고 또 핀란드만의 고유한 인적

양상에 대한 극찬을 아끼지 않는다. 하지만, 사람들은 이렇다 알려줄 뿐이지 그 누구도 이렇게 하자고 말하지 못하고 있다. 교육이라는 것은 쉽게 바뀔 수 없을 뿐더러 윤리적 의식이 해이해진 대한민국 학생들에게 이러한 핀란드식의 교육은 오히려 독을 불러일으킬 수 있기 때문일 것이다. 하지만 우리들은 핀란드식 교육을 위한 첫 번째 걸음마를 떼기도 전에 활공하기를 원한다. 기둥 없이 세우는 지붕은 있을 수 없는 일이건만, 뭐든지 급작스럽게 행하려고 하는 교육에 대한 집착이 안타까울 뿐이다. 이루어질 수 없는 상황에 대해 계속해서 예찬하고 관심을 둔다면 이처럼 자국의 교육에 대한 부정과 타기를 키우는 일밖에 되지 않겠는가. 착한 바보 1명을 앞에 두고 악한 2명을 양쪽으로 배치시킨 뒤 선택을 강요한다면 이처럼 멍청한 선택은 없을 것이다.

"우리가 매우 근소한 차이로 졌군요"

"큰 차이입니다. 우리 아이들은 웃으면서 공부하지만, 그쪽 아이들은 울면서 공부하지 않습니까?"

불행히도 사람들은 인지하지 못하고 있다는 점이다. 대한민국 교육에 대한 계획은 지식으로 이루어져 있지만 사실 중요한 한국 교육에 대한 교육부의 지혜는 발휘되지 못하고 있다. 시대를 역행하는 안타까운 상황이리라. 하지만 그 누구도 들어주지 않을 것이다. 나의 이러한 글 또한 유토피아와 같은 상황이기에….

핀란드와 같은 시대가 하루아침에 올 것이라는 기대는 하지 않는다. 결과보다는 과정이 중요하듯 주입식 교육의 장점을 살리면서 창의적 인재를 양성하는 복합적인 교육을 추진해야 할 것이다. 무조건적인 주입식 교육 지향은 오히려 실을 불러온다는 점을 명시해야한다.

우리 세대의 초등학교는 그나마 핀란드식 교육에 엇비슷하지 않았을까 라는, 머리 안에 잠들어 있던 기억을 꺼내어본다. 그 당시에 초등학교는 그나마 학업에 대한 관여를 받지 않던 때였다. '대통령'을 하고 싶다던 아이들을 많이 볼 수 있었고, '요리사', '소방관' 등등의 다양한 직업들도 볼 수 있다. 무엇보다 컴퓨터에 시간을 쏟지 않고 바깥에서 흙을 만지면서 골목놀이를 하는 재미는 아직까지도 잊혀지지 않는다. 하지만 요즘은 놀이터엔 사람이 없어 한적하고, 아이들은 해가 지면 하교를 한다. '부모님이 원해서' 라고 답변한 의사라는 직업을 쓴 아이의 눈은 비록 아직은 똘망똘망하지만 나로서는 그보다 안타까운 일이 없다. '초등학교 때는 한창 뛰어 놀 나이지 않니' 라고 말하던 아버지의 말씀도 이제는 기억 속에서만 존재하는, TV 광고에서나 만날 수 있는 이상적인 것으로 변화되었다.

우리나라 사람이 똑똑하다는 건 본인도, 타인도, 타국의 사람들도 아는 사실이다. 하지만 우리나라 사람들의 인성과 추상적인 능력에 대한 확답은 들을 수 없을 것이다. '똑똑한 바보' 라는 말은 결국 바보라는 소리이다. 마음속으로만 생각하고 밖으로 표출해내지 못하는 바보들은 서로에 대한 문제의 해결점을 말하지 않는다. 변화하지 않는다면 이는 불변하지 않는 법칙으로 굳어질 것이다. 지식에 못지않은 지혜를 얻어야 한다. 지식은 규범이 아니다.

1학년 시절

_ 김민수

　　초등학교와 중학교를 별 탈 없이 지낸 어떤 아이가 있었다. 그리고 어떤 고
등학교 입학식 날 아이는 아무것도 모르던 초등학교 때와도 달랐고 여전히 아
무 생각 없던 중학교와도 달랐다. 또 그 아이가 입학한 고등학교는 조금 달랐
다. 담임선생님을 자신이 선택할 수 있었으며 그러므로 친하게 지냈던 친구와
같이 반이 될 수 있었다. 중학교 때 생각이 갑자기 났다. 그냥 아무 반에나 배치
되어서 누군지 모르던 아이들 사이에서 아무것도 자신이 붙임성도 없이 한 달
가량 공부했던 때가 말이다. 아이는 생각했다. 지금은 중학교 1학년 때보다 좋
다고…. 그래도 같이 밥 먹을 친구는 있다고 안심했다.

　　아이의 반 친구는 아주 좋았다. 친한 아이들, 재밌는 아이들, 좋은 선생님이
있다. 중학교 때는 마음상하는 일도 많았고 울고 싶은 일도 많았으며 힘든 날

도 많았다. 아이는 이 반에 와서 웃을 일이 많았다. 마음 편한 날이 많았다. 사실 초 중학교에서 별일 없었다고 말했지만 아이 개인적으로는 기분 나쁜 일이 많았다. 아이로서는 새 학년 올라가니까 조금씩조금씩 일이 틀어질 때마다 아무렇지도 않게 생각하며 넘어갔다. 같은 일이 여러 번이나 일어나니까 아이의 마음에 학교가 싫어지고 친구가 싫어지고 자기 자신을 좋지 않다고 느껴졌다.

하지만 아이는 새로운 학년인 고등학교 1학년이 되자 재미있었다. 재밌으니까 학교가 좋아졌다. 친구가 좋아지고 자연히 아이 자신이 좋아졌다. 아이는 2학년이 될 때 기분이 오묘했다. 2학년이 된다는 설레임보다는, 새로운 아이를 만난다는 기대보다는, 1학년보다 2학년으로서의 개인적 책임감보다는 아쉬움이 훨씬 더 아이의 마음 한 구석에 들어 앉아 있었다. '과연 아이들을 다시 만날 수 있을까?', '내 마음에 드는 아이들을 다시 한 번 만날 수 있을까?' 라는 생각이 아이의 마음에 들었다. 그런 마음을 가지고 아이는 2학년이 되고 다시 2학년의 끝자락 쌀쌀해진 11월의 밤에 그 아이는 이 글을 쓰며 1학년 때의 학교생활을 마음에서 되뇌여 보고 있다.

'인간은 사회적 동물이다' 라는 말이 있다. 그걸 학교와 나에게 적용해 보면 '나라는 인간이 학교라는 축소된 사회에서 사회적 동물이 되고 있다' 라고 하고 싶다. 그렇다. 학교라는 사회에서 실제사회에서의 할 수 있는 경험을 모두 경험할 수 있다. 실제사회에서의 시련은 학교에서 받는 시련보다 더 아프고 힘들게 다가 올 수 있다. 하지만 그 시련을 맞이할 수 있다. 이미 학교라는 사회에서 그 시련을 몇 번 씩이나 경험해 볼 수 있었으니까. 사회에서의 긍정적인 일은 학교보다 조금 덜 올 수 있다. 하지만 우리는 안다. 그 긍정적 일이 얼마나 자신의 마음을 치유할 수 있는 힘을 가졌는지 말이다.

나도 학교가 정말 싫었다. 아니 좋았던 적보다 싫었던 적이 몇 배는 많았다. 물론 지금도 좋지는 않다. 하지만 생각을 달리해 보았다. 학교에서 있던 시간들은 나중에 사회에 간다면 분명 이런 일들이 생각 날 것 같다. 내가 1학년 때 추억을 기억하고 있듯이 말이다. 그리고 기억을 되새겨 보면 성숙해질 수 있을 것 같다. 어떤 사람은 학교가 자신을 묶을 족쇄라고 할 수도 있으며 어떤 사람은 자신이 꿈을 이끌어 갈 수 있는 좌표가 될 수 있다고 말한다. 어떤 사람에게도 나름의 의미가 있다. 나에게 학교란 이런 나를 조금 더 클 수 있게 하고 조금 더 성숙하게 할 수 있는 그런 곳이다.

책상이 아닌 책상

_ 신재철

　항상 학교를 갈 때마다 책상을 바라본다. 책상은 누군가에겐 공부를 도와주는 것이기도 하고 또 다른 누군가에겐 잠을 자는 데 도와주는 것이기도 하고 의미가 다양하다. 사물은 어느 누군가의 관점에 따라서 가치가 달라진다. 평범한 학생에게는 연필이 공부를 하는 데 도움을 주는 것이기도 하지만 폭력적인 학생이나 정신적으로 이상이 있는 학생에게는 연필은 남을 찌를 수 있는 무기가 된다. 그리고 선생님들에게 마이크의 의미는 수업을 가르치는 데 열정을 보여주는 소재가 될 수가 있지만 가수를 꿈꾸는 연습생에게는 자신의 예술 세계를 펼칠 수 있는 소재가 될 수 있다. 나는 일생 중 거의 반을 학교에서 생활했다. 그중 내가 학교에서 주목하고 싶은 것은 책상이다.

　내 어릴 적 초등학교 때, 책상은 나에겐 별 의미가 없었다. 단지 학교에 오면

하라는 공부는 뒷전이고 책상에 낙서하기 바빴다. 유일한 낙이랄까? 그때 유행했던 만화 '원피스', '이누야샤', '나루토', '네모바지 스폰지밥' 등 내가 좋아하는 캐릭터를 책상 위에 그렸다. 내가 그림 그리는 것에 재능이 있는 것은 아니었지만 내 기억으로는 단지 그림 그리는 것이 좋았고 그렇기 때문에 그림을 그렸지 않나 싶다. 사람들은 나에게 물을 것이다. "연습장에 그림을 그리면 되는데 왜 책상 위에 그려야 되나?" 이것은 좋은 질문이다. 책상에 그림을 그리고 낙서하는 것은 연습장에 그리고 낙서하는 것보다 무엇인가 색다른 묘미가 있다. 어릴 적, 낙서를 즐겨 했던 학생들은 모두 공감을 할 것이다. 선생님께 낙서한 것을 걸리곤 할 때면, 책으로 낙서를 가리고 낙서를 지운 척했던 모습이 아직도 기억 속에 새록새록 떠오른다. 그때만큼의 스릴을 다시 맛볼 수 없게 되었다.

그렇다. 위에서 알 수 있듯이 나는 정말 말썽꾸러기였다. 학원은 부모님이 다니라고 하셔서 다녔지만 학원에서도 나는 별 공부는 하지 않고 학원 책상 위에 꾸준한 낙서와 그림을 그렸던 것 같다. 초등학교 5학년 내 기억 상으로는 반에서 31등을 했다. 낙서 탓일까 공부를 지지리도 못했던 것 같다. 공부를 열심히 하라고 학원을 보내 주셨던 부모님을 생각해 보니 난 정말 못된 놈이었다.

그런데 나는 거짓말을 했다. 반 10등이라고 속였던 것이다. 그런데 전화위복으로 6학년 때 나는 네 번의 시험에서 7등, 4등, 4등, 2등을 했다. 6학년에 들어선 이후론 낙서하는 일이 적어졌긴 했지만 낙서를 별로 안했다는 것이 내가 성적을 올렸다는 것은 말이 안 되는 일이고 그냥 내가 공부를 열심히 했던 것 같다. 하지만 나는 낙서를 안했던 것을 성적향상의 길로 간주했다. 그랬다. 내 초등학교 때의 책상 위의 낙서는 그랬다.

중학교를 올라오고 나서, 나는 초등학교 때의 성적에 기운이 북돋아서 승승장구로 공부를 정말 열심히 했다. 중학교 1학년 때, 친구들이 수학 문제를 모르는 것이 있으면 나에게 많이 물어봤다. 내가 공부를 잘해서라기보다는―내 입으로 말하긴 그렇지만―내가 잘 가르쳐 주었기 때문이다. 초등학교 때 책상 위에 낙서를 많이 했던 것과 달리 중학교 때는 애들이 모르는 문제를 가르쳐 주는 데 책상을 빈 여백으로 삼고 수학 문제 풀이를 많이 적었다. 낙서의 비중이 줄어들고 수학 문제 풀이의 비중이 늘어나면서 나는 초등학교 때의 책상의 기억이 내 머릿 속에 점점 흐려져만 갔다. 시간이 흐르고 흘러 중학교 2학년 그리고 중학교 3학년이 되고 세월이 지나면서 책상은 친구들이 모르는 것을 가르쳐 주는 수단이 되었다.

고등학교를 입학하게 되었을 무렵이다. 중학교 때 국어를 배울 때 문학 작품을 문학으로 받아들이지 않고 암기하려고 했던 나는 고등학교를 들어오고 나서 문학이라는 과목을 접하며 문학을 문학스럽게, 문학답게 바라보게 되었다. 특히, 시에서는 많은 사물, 동물, 식물들에 있어서 의미를 부여했다. 중학교 때는 나에겐 별 의미가 없었고 별 감흥도 없고 별 감동도 없었다.

고등학교 1학년 때 동아리를 들게 되었는데 '그린비' 라는 문학 동아리에 들게 되면서 내가 문학작품을 쓸 기회가 많아지고 그에 따라서 많은 창작의 고통을 느끼게 되었다. 사물에 대해서 의미를 부여해보기도 하고. 하지만 어려웠다. 고등학교 2학년인 지금 한 학년 동안 조금의 내공이 쌓인 후 문학의 세계를 바라보니 무엇인가 조금 알게 되었다.

때는 마침 내가 야간자율학습을 하고 있을 무렵, 반 분위기가 엄청 조용했다. 그 이유는 다른 학생들이 자고 있었기 때문이었다. 물론 나도 자다가 막 일어났다. 내 시야에서 내 앞에 많은 책상들이 텅 비어 있었다. 갑자기 내가 초등학교 때부터 지금까지의 책상의 모습에 대해서 생각하게 되었다. 초등학교 때 책상은 작고 조그마한 책상, 중학교 때는 아장아장했던 초등학교 책상보다 더욱더 성숙해진 책상, 그리고 지금 고등학교 때 책상을 둘러 보니 다리가 길쭉길쭉 긴 키다리 책상, 중학교 때보다 조금 더 성숙해진 책상. 이렇게 초등학교 1학년 때부터 고등학교 2학년 때까지 같이 세월을 함께한 책상이 고마워 보였다. 그리고 미래에 또 고마울 것이다. 고등학교 3학년 때에도 책상을 보게 될 것이고, 대학교에 가도 책상을 보게 될 것이고, 도서관을 가도 책상을 보게 될 것이다.

　내가 책상에 낙서를 했든 그림을 그렸든 공부를 했든 잠을 잤건 책상은 학교처럼 내 인생의 반과 함께했다. 그런 책상에 대해서 더 많이 생각해 보니 많은 감정들이 들었다. 고맙기도 하지만 미안하기도 했다. 이렇게 내 일생의 반을 함께 해 온 책상에다가 더럽게 낙서한 기억이 많았기 때문이다. 중학교 3학년 때, 친구들 생일이라고 네임펜을 가지고 친구 책상에 축하한다고 적어준 기억도 나고 졸업하기 전 무렵, 후배들에게 한 마디를 한다고 애들끼리 책상에 낙서를 했던 기억이 난다. 그의 몸은 더럽게 한 내가 밉기도 했다. 하지만, 나는 그를 예찬한다. 학교에 있는 그 뿐만 아니라 나의 집에 존재하는 그, 그리고 도서관, 독서실 등 세상 어디에서나 볼 수 있는 그는 무거운 물건을 올려 놓아도 견뎌내고, 낙서를 그려도 넓은 마음으로 포옹하고 포용한다. 남을 너그럽게 감쌀 줄 알고 받아들일 줄 알고 남의 일생의 반을 함께하는 책상. 영원히 함께하고 싶다. 책상은 관용적이고 너그러운 것이다. 이러한 책상의 본성을 본받을 줄 알아야 한다. 우리 모두 책상을 공부하는 것 이상으로 생각을 틀어서 생각해 보는 것은 어떨까?

터널

_ 이현웅

　대부분 산간 지방에 여행을 간 적이 있을 것이다. 그 여행의 목적지에 도착
하려면 터널을 지나는 일이 불가피할 것이다. 산을 가로지르는 터널, 인공조명
이 설치되어 있는 긴 터널을 지나고 눈부신 햇살이 비춰지는 그런 터널. 그러
나 터널은 비호감적인 존재이다. 그 이유는 터널 내부의 텁텁한 공기, 어두운
조명, 창밖에 사방이 꽉 막힌 심심한 풍경 때문이라 할 수 있다. 그래도 목적지
에 도착한다는 설렘을 가지고 터널을 지난다.

　이처럼 학교도 비슷한 점을 가지고 있다. 그 비슷한 점이라 할 수 있는 것은
자신만의 목표를 이루기 위해선 학교를 거치지 않는 것은 거의 불가능하다. 그
러나 학교는 터널처럼 비호감의 존재는 아니다. 물론 학교의 같은 일상이 터널
의 경치처럼 하루하루가 심심하기도 하다.

내가 느끼는 학교는 선생님이 학생들을 좋은 대학을 보냄으로써 자신의 학교의 위상을 높이기도 하고 학생은 자신의 목표를 조금 더 쉽게 달성하려는 곳인 것 같다. 이로 인해 선생님의 학생에 대한 욕심과 학생들의 일탈로 인하여 학생과 선생님 사이에 갈등이 생기기도 한다. 그 이유는 학교에서 학생들에게 바라는 점이 많아 규제를 심하게 해서 생기기 때문이다. 예를 들어 야간자율학습이 왜 자율학습이 되지 않느냐의 문제도 갈등의 원인 중 하나이다. 선생님들이 학생들의 말을 들어주고 조금 더 이해해 주고 학생도 선생님들의 신의에 보답한다는 생각으로 지내면 학교는 어두운 터널이 아니라 자신만의 목표를 달성할 수 있는 지름길이 되리라 믿는다.

인강(인터넷강의) 세상

_ 한제윤

　나는 중간고사 물리 시험에서 40점대를 받았다. 나에게선 40점대의 점수는 심각한 문제였다. 아마 수업시간에 집중을 하지 않은 것이 원인임에 틀림없었다. 하지만 선생님의 수업방식은 나랑 잘 맞지 않았고 물리라는 과목도 어려운지라 점점 흥미를 잃고 있었다. 그래서 나는 기말고사 때에는 인강(인터넷강의)을 나의 새 PMP로 들었다.

　학교 물리 수업에는 집중을 하지 않았지만 집에서 PMP로 인강을 열심히 들었다. 마치 학교 수업처럼 말이다. 그러자 결과는 80점을 약간 못 미치는 점수가 나왔다. 완벽한 점수는 아니지만 학교 선생님의 수업을 잘 듣지 않고 나온 점수 치고는 나에겐 성공적이었다.

　나는 이 경험을 통해 커다란 의문점이 생겼다. '과연 지금 같은 정보와 통신이 발달한 사회에서 인강이 학교를 대신할 수 있지는 않을까? 학교 선생님들보다 유명한 스타 강사의 인강이 더 효율적일 텐데……. 그렇다면 대체 학교에서 무엇을 더 배우길래 학교를 가는 것일까? 누구든 학교에 가고 싶지는 않을 텐데……. 인강에서는 배울 수 없고 학교에서는 가능한 그것은 무엇일까?' 그리고 나는 긴 생각 끝에 답을 낼 수 있었다.

내가 초등학생 6학년 때, 처음으로 남자 선생님이 담임을 맡으셨다. 나는 초등학생 시절엔 공부도 잘하는 편이었고 말썽도 피우지 않으며 선생님들 말은 잘 알아듣고 잘 따르는 편이라 칭찬을 받았지 거의 혼나는 적이 없었다. 그런 내가 6학년 때 그 남자 선생님께 꾸중을 들었다. 학교에서 과학실험대회가 있었는데 선생님이 나와 내가 싫어했던 여학생을 성적이 좋다는 이유인지 모르겠지만 짝으로 참가시키셨다. 나와 그 여학생은 불만이 많았고 나는 "그러면 과학 성적이 좋은 애들도 참가시켜주세요."라는 큰 실언을 하고 말았다. 당연히 나는 그 남자 선생님께 엄청 혼났다. 아마 다른 선생님들이었다면 그냥 넘어가실 지도 모르겠지만 그 선생님은 달랐다. 선생님은 나에게 말씀하셨다.

"학교는 공부만 가르치는 곳이 아니야. 공부만 배울 거라면 죄다 학원이나 가지 뭐 하러 학교에 오겠니? 좋지 않은 성격을 고치고 잘못된 행동들을 바꾸면서 인성교육을 받기 위해 학교에 오는 거야."

이 말씀을 떠올리며 학교에 다녀야 성격이 올바르게 되고 인간이 될 수 있다고 생각했다. 인강은 이런 것이 가능할까?

또 학교는 작은 사회라고 말할 수 있다. 여러 친구들, 선배들, 선생님들과 함께 생활한다. 그러면서 우리는 사람을 대하는 방법을 배우게 된다. 친구는 어떻게 내가 행동하고 말해야 사귈 수 있을까? 선후배 관계에서 어떤 예의를 갖춰야 하지? 선생님께는 얼마나 인사를 잘 해야 할까? 등등 사람과 대하는 방법에 관한 이런 질문들의 답은 학교에 다니면서 찾을 수 있다.

만약 학교를 다니지 않고 인강을 들으며 사는 세상을 상상해 보자. 학생들은 어릴 때부터 집에서는 나오지 않고 열심히 인강을 들을 것이다. 우리의 공부에 대한 지식은 많이 올라갈 것이다. 하지만 사회에서는 절대 적응을 하지 못할 것이다. 가족이외에 사람들과 대화도 해보지도 않았고 사귐도 없었던 학생들이 사회에 나가서 무엇을 하겠냐는 말이다.

나는 학교에서 이 같은, 인강에서 배울 수 없는 소중한 것들을 배울 수 있다는 것을 다시 알게 되었다. 그러니 학생 여러분들도 학교가 가기 싫어도 이 고비를 넘기고 앞으로의 편안한 삶을 위해 노력하자.

창문 너머로 보이는 건너편 중학교

_ 최윤석

내가 벌써 고등학교를 입학한 지 근 반년이 돼간다. '성광중학교' 라는 기독교 재단 중학교를 입학하고 1학년 새내기 시절을 보낸 게 엊그제 같다. 하루하루가 길게만 느껴지던 1학년이 어느덧 최고학년인 3학년이 되어 있었고 2년 전 설레는 마음으로 반 배정을 보러 오던 '나' 처럼 반 배정을 보기 위해 아장아장 걸어 들어오는 초등학교를 갓 졸업한 아이들을 보며 웃음도 지었다. 그렇게 3학년 후반기가 되고 고등학교 배정을 위해 원서를 쓰면서 바로 옆 '성광고등학교' 를 지원하게 됐는데, 마침 그게 또 바로 붙어서 고등학교 3년을 같은 재단 학교에서 보내게 되었다.

굳이 말하면 4년을 같은 운동장을 보며 같은 곳을 등교하는 셈인데 그게 참 지겨울 줄만 알았는데 아니었다. 익숙한 매점과 익숙한 선생님들, 익숙한 교정 그것만큼은 참 좋은 것 같다. 중학교를 다닐 시절 복도창문 너머로 건너편을 바라보면 무슨 일이 일어나는지 전혀 알 수 없는 고요한 정적이 흐르는 고등학교가 보였는데, 그때 당시엔 우리 중학교와 고등학교의 벽이 매우 높아 보였다. 절대로 다가갈 수 없을 법한 그런 분위기였다. 고등학생이 되어보니 중학생과 시간표가 많이 엇갈려 만날 일이 많이 없었다. 가끔 오래 볼 수 있는 것은 점심시간 몇 분정도. 친구들과 매점에 들려 아이스크림을 하나씩 입에 물고 운동장 정중앙 조회대에 서서 축구하는 아이들을 볼 때면 참 귀엽게도 느껴진다.

'저건 우리가 입었던 체육복이지?', '쟤들은 요새 일찍 마친다며? 부럽다.' 등 많은 이야기도 주고받고 했다. 문득 내가 중학생일 시절엔 아이스크림을 물고 모여 있는 고등학생 형들을 보면 괜스레 멋있어도 보였고 범접할 수 없는 그런 무언가가 있었던 것 같은데 과연 지금 중학생들은 우리를 보며 그런 생각을 할까 싶기도 했다. 정작 고등학생이 되어보니 모여 있을 때 다른 아이들을 의식도 잘 안하는데 그걸 몰라서였을까 중학교의 '나'는 무척이나 고등학생 형들을 의식한 것 같다.

고등학교에 와서 중학생들을 보니 하루하루 다람쥐 쳇바퀴 돌리는 똑같은 삶을 살면서 피곤함과 스트레스에 빠져 꿈과 열정이란 단어를 까맣게 잊은 채 성적과 입시라는 단어를 머릿속에 박고 사는 내가 생각났다. 괜스레 자각되는 것이었다. 중학교 3학년 원서를 쓸 당시엔 멋진 새 교복, 새로운 친구들, 새로운 선생님 등 많은 것이 설레었는데, 친구들과의 선생님들과의 로망도 많았는데 막상 내 앞에 닥치니 다 로망일 뿐 현실은 많이 달랐다. 그래서였을까. 점점 로망은 잊혀지고 현실을 직시하게 되더니 꿈이란 단어를 저 멀리 나와는 상관이 없다는 듯 미뤄 둔 것 같았다.

몇 년 전 중학교 복도에서 고등학교를 바라보던 나는 지금 고등학교 복도에 서서 건너편 중학교를 바라보고 있다. 과거를 회상하며 '그때 좀 더 잘 해볼걸'이라는 후회도 해보고, '이런 것이 참 재밌었는데' 하는 생각도 해보고 많은 생각을 하게 된다. 중고등학교가 붙어 있어 건너편을 보면 서로 건물들이 보인다는 게 참 좋다. 건너편에서 무슨 일이 일어나는지 전혀 알 수 없었지만 내가 다닌 학교가 보인다는 그 하나로 많은 걸 자각하게 되고 다시 한 번 중학교의 꿈과 희망이 가득 찬 나를 발견할 수 있을 것만 같다.

난 아직 고등학교에선 갓 입학한 중학생처럼 새내기 1학년이니까. 늦지 않았다는 생각을 했고, 이것저것 해보고 시들시들한 꽃이 아닌 활짝 만개한 꽃이 되기 위해 노력하자 다짐한다. 건너편 중학교는 무슨 일이 일어나는지 아무것도 모르는 별개의 공간이 아니라 내게 많은 추억과 뜻이 담긴 가장 친근하고 가까운 장소인 것이다.

나는 학생이다

_ 홍정호

유치원생일 때에 대한 기억이 솔직히 없다. 거기서 무엇을 배웠으며 무슨 일이 일어났는지 생각이 나지 않는다. 그냥 나는 유치원의 말썽꾸러기였고 반항을 많이 하는 아이였다. 그 뿐이다. 주위에선 걱정을 많이 했다. 과연 저 녀석이 초등학교에 들어가도 저럴까? 과연은 과연 '과연'이었다. 입학하자마자 너무 떠들고 장난을 쳐 첫날부터 선생님에게 찍혔고 부모님도 몇 번 씩 오셨다. 3학년 땐 이사를 가 새로운 학교에 전학을 갔다. 그래서 낯선 환경이니 큰 사고는 치지 않았다. 4학년 땐 확실히 기억이 난다. 그때의 담임선생님 얼굴도 떠오른다. 정말 무서운 선생님이셨다. 하지만 난 무서운 만큼 반항심이 더 생기는 이상한 아이였다. 그래서 이래저래 많이 혼났다.

6학년이 되어서야 나는 정신을 차리게 되었다. 그때 담임선생님은 내가 무슨 사건을 칠 때마다 혼내시기보단 내편이 되어주어 많이 다독여 주셨고 조언도 많이 해주셨다. 그리고 나도 어느 정도 미리 생각을 하고 행동을 하자는 식으로 정신을 차리고 기대에 부흥하려고 열심히 노력했다. 지금도 연락이 되며 몇 번 씩 조언을 해달라고 부탁을 한다.

중학교 입학 당시 나는 많이 떨렸다. 내 상상 속에서의 중학교는 삭막하고 분위기가 무서운 곳이라 생각했다. 초등학교 당시 교복 입은 학생만 봐도 무조건 두렵게 봤다. 하지만 생각한 그런 곳이랑은 달랐다. 교복을 입음으로써 더 점잖아졌다. 중학생 때는 정신을 차린 만큼 조용히 살았다. 몇 번 친구들과 싸운 거 말고는 원만히 잘 지냈다. 1~2학년일 땐 정말 공부를 안했다. 내신에 들어간다는 것은 알았지만 그냥 친구들과 노는 것만 생각했다. 아직까지 내가 무엇을 할지 무엇이 될지 진지하게 생각한 적도 없다. 내가 제대로 철들지 못했던 것이다. 3학년 돼서야 인문계를 들어가야 한다는 생각에 밤늦게까지 공부했다. 1~2학년 때 못한 것을 만회해야 한다는 생각에 난 밤늦게까지 공부를 했고 시험 1주일 전은 밤새서 한 적도 있다. 그렇게 어영부영 고등학교에 입학하고 지금 이렇게 생활하고 있다. 10년 정도 학교생활을 해보니 옛날보단 철이 든 거 같고 더 어른스러워진 것 같다. 학교를 다닌 세월만큼 불만도 많았다. 하지만 그런 불만은 혼자 생각하고 입밖에 내놓진 않았다. 또한 두발, 복장 등 학교 교칙에 대해서도 이리저리 불만은 많았지만 나는 성실히 따랐다. 학교도 엄연히 하나의 단체고 사회라 생각한다. 교칙은 그 학교 안에선 법과 마찬가지다. 그러므로 공동체 생활을 하기 위해선 따라야 한다. 악법도 법이라고 소크라테스가 말했다. 지금 이 작은 사회에서도 지키지 않는데 과연 큰 사회에 나가서 지킬 수 있을까? 학교는 큰 사회에 적응하기 위한 곳이라고 생각한다. 물론 내 생각에 반대할 사람들도 있겠지만 이것이 나의 철학이다. 이제 얼마 남지 않은 고등학생 생활, 내가 사회에 나가기 전 거쳐야 할 하나의 단계라 생각하며 성실히 보낼 것이다.

교련(敎鍊) 선생님

_ 이문석

　벌써 이 학교에서 지낸지 1년이 지났어요. 우리 학교는 다른 학교랑 다르게 교과교실제에 전과목 선택제를 시행하고 있어요. 아! 우리 학교에는 역시나 다른 학교와 다르게 교련(敎鍊)이라는 과목이 있어요. 주로 훈련을 하는 과목 같더군요. 우리 학교는 역사가 꽤 길어요. 그래서 들은 바로는 10년 전쯤에는 우리 학교 교련과목 선생님이 세 분이나 계셨다고 하더군요. 그런데 지금은 한 분밖에 남지 않으셨어요. 여기서 특이한 건 교련 과목은 모두가 싫어할 법한데 항상 교련 수업 시간은 시끌벅적 했었어요. 우리들 사이에서도 이 의문을 가지고 주로 얘기를 하곤 했죠. 뭐 시대도 시대인 만큼이나 이런 과목이 아직까지 남아 있을 리가 없는데 말이죠. 그런데 제가 이 비밀을 최근에 밝혀냈어요. 지금부터 그 비밀을 얘기할 거예요.

지금으로부터 아마 1주일 전이었을 거예요. 아침에 늦잠을 잔 데다가 수학 선생님이 숙제를 또 산더미만큼 내주었는데 그것도 다 하지 못해서 헐레벌떡 뛰어 가고 있었죠. 그런데 학교 정문에서 제가 그 교련선생님을 만났었어요. 선생님이 저한테 "왜 늦었냐?", "시간이 몇 시냐?" 하며 잔소리를 막 늘어놓자 저는 수업도 들어가기 싫었는데 잘됐다 생각하면서 대답을 하면서 수다를 떨었었어요. 아마 30분은 얘기했었어요.

"선생님, 교련 수업을 듣는 학생도 있어요?"

"당연하지. 시대가 이렇게 좋아졌다고 해도 교련 수업을 무시하고, 없어지고 그러진 않지. 서로서로 하려고 해서 들어오려는 학생도 돌려보내야 될 상황이야. 소리가 쩌렁쩌렁 안 울리더냐?"

맞는 말이긴 해요. 교련시간에는 지하에서 수업을 듣는데 그 위로 지나 갈 때면 학생들 소리가 바깥까지 울리곤 해요. 근데 우리가 내려 갈 수는 없어요. 수업 중 출입금지라고 푯말을 적어놨기 때문이죠.

"그럼, 그렇게 학생들이 많이 들으려고 하는데 전에 다른 선생님들은 왜 그만두고 다른 교과로 넘어가게 된 거예요?"

"그놈들이 참 생각이 짧았던 거지. 그때 잠깐 주춤했을 뿐 다시 학생들이 막 찾을 것이라는 생각을 못했던 거지. 이제 그만 물어보고 올라가야지"

저는 이것저것 궁금한 것이 많았는데 그냥 올라 왔었어요. 더 이상 늦게 가면은 수학선생님한테 엄청 혼이 날 것이 분명했거든요. 올라 와서 벌을 서고 있는데 조금 뒤에 수학선생님이 저를 부르시더군요. 과제물을 교련 선생님한테 갖다 주라고 하셨어요. 저는 시간이 애매해서 1교시 수학 시간이 끝나고 2교시가 시작할 때 갖다 드리러 갔죠. 교련수업을 하는 근처에 가니까 학생들 소리가 크게 울리더군요. 그리고 교련실로 내려가려는데 푯말이 보이더군요. 저는 심부름인데 뭐 봐주시겠지 라고 생각하면서 내려갔죠. 그리고 교련실 문을 열었죠. 그런데 그때 저는 정말로 놀랐어요. 선생님은 의자에 드러누워서 잠을 자고 있고, 학생들은 아무 곳에도 없고 스피커에서 학생들 소리가 쩌렁쩌렁 울리는 것이 아니겠어요? 그 후 저는 문을 다시 조용히 닫고 올라왔답니다.

이렇게 교련선생님의 비밀이 저한테는 들통이 나 버렸답니다. 그런데 여기서 더 재밌는 것이 뭔지 아세요? 그건 아직까지도 교련실에서 학생들의 소리가 바깥까지 쩌렁쩌렁 울리고 있다는 것입니다.

(가상으로 쓴 이야기입니다)

나는 교장이다

_ 이동광

나는 교장이다. 교장이라 해봤자 학생이랑 다를 바가 별로 없다. 나도 월요일이 싫고, 학교 가기도 싫고, 아침에 일찍 일어나기도 싫다. 그런데 요즘은 아침에 눈이 일찍 떠진다. 늙으면 아침잠이 없어진다는데 나도 늙었나 보다. 아침부터 꿀꿀하게 이런 생각만 든다. 차에 타고 보니 날씨도 꿀꿀하고 바람에 쓰레기가 날리는 꼴이 괴기스럽기 짝이 없다.

차에 시동을 걸고 천천히 출발을 했다. 갑자기 내가 교장으로 첫 부임할 때의 다짐이 떠올랐다. 한때는 학생의 마음을 이해하고 먼저 다가가고 학생의 건의를 수용하는 그런 학교를 만들고 싶었다. 그러나 정작 지금 돌이켜 보면 학생의 마음은 둘째 치고 먼저 다가가지도 않았다. 건의는 나의 귀에 닿지도 않았다. 아예 학생들과의 문은 꽉 닫고 있었다. 그저 학생의 성적만 올리려 한 것 같아 미안한 마음이 들었다. 나도 학창시절에 이런 학교는 원치 않았는데 내가 만든 꼴이 되어 버렸다.

어느덧 학교에 도착했다. 구름이 끼고 날씨가 꿀꿀해서 학교 건물이 무섭게 느껴졌다. 나의 집무실에 오자마자 난 학교를 바꿔보기로 마음먹었다. 곰곰이 생각을 해보았다. 우선 학생들이 원하는 것들을 최대한으로 수용해 보기로 했다.

그래서 생각해낸 것이 '학생의 소리'라는 일종의 건의함이었다. 학생들이 건의를 하면 순위를 매겨서 가장 많이 나온 것을 수용하되, 한 주에 하나씩 수용하고 원하는 것을 들어주는 대신 학교 측에서 제시하는 것도 같이 수용해야 한다는 것이다. 재활용장에서 버려진 상자를 가져와 마치 커다란 우체통 모양으로 만들어 중앙현관 앞에 세워 두었다. 작업을 하다 보니 먹구름들 사이로 햇살이 새어나왔다. 덩달아 학교가 아침과는 사뭇 달라보였다. 마치 나비가 번데기를 벗어나려고 꿈틀대는 모습이었다.

두 번째로 생각해낸 것이 '먼저 인사하기 운동'이다. 많은 학생들의 말을 들어보면 선생님께 인사를 드려도 대꾸조차 없다고 한다. 만약에 선생님이 먼저 인사를 한다면 학생이 무시 못 할 것이다. 한번 상상을 해보았다. 학생들과 선생님들이 먼저 인사를 하며 웃는 모습을. 상상만 해도 기분 좋은 그런 학교의 모습이다.

그렇게 한 달이 지났을까? 우리 학교는 두발 자유에 선생님들과 학생들이 서로 벽 없이 지내는 모습이 보기가 좋다. 그 뿐만이 아니다. 학생들한테 두발 자유를 해줄 테니 성적에 목표를 두고 올리라고 하였다. 그러자 우리 학교 성적이 눈에 띄게 성장하였다. 근처 중학교 학생들이 다 우리 학교로 진학을 하려고 하여 학생들의 전체 등급도 올라가 명문고가 되었다. 교내에서 보는 하늘은 참 맑고 쾌청하다.

(가상으로 쓴 이야기입니다)

제3부

아름다운
시절의
동무들

목차

등불
정승부

LONELY
김민수

친구
남중일

세 명의 친구
이신명

제 2의 자신
안진영

인연
신재철

넓은 바다
김병주

마음 열기
장현호

한라산 등반
최윤석

나무와 친구
홍정호

어린 시절의 내 친구
이동광

용서의 꽃
장세민

잊히지 않을 향기
장재용

등불

_ 정승부

　사람은 살아가며, 힘들거나 슬플 때 의지할 수 있는 존재를 찾는다. 자신의 고민을 말하며 위로 받고 치유 받음으로써, 세상을 좀 더 즐겁게 살아갈 수 있다. 살아가면서 주위 사람들의 도움을 받지 않는 이는 얼마나 될까?

　내가 어렸을 때에, 항상 동네를 함께 전전하던 두 친구가 있었다. 어릴 때부터 보아온 허물없는 사이에, 나는 그때 진심으로 행복했었다. 하지만 한 친구가 집안사정으로 다른 동네로 이사를 갔고, 그 사실을 학교에서 듣게 됐을 때에는 이미 그 친구는 이사를 간 후였다. 나도 모르게 났던 그 눈물을 아직도 잊을 수가 없다.

　다른 한 친구는 나와 다르게 강했나보다. 내가 울던 그때에 나를 위로해 주기까지 하였으니. 몇 달 후 그 친구를 다시 보았을 때에는 그 친구의 달라진 모습이 나를 안심하게 해주고 한편으로는 섭섭한 느낌이 들었다.

혈액형 A형은 친구 사귀기는 어렵지만 사귀면 그 친구에게 헌신적으로 마음을 내준다 하였다. 그 글귀를 보고 나서 바로 떠오르는 것이 나였다.

친구! 나에게 있어 없어서는 안 되는 존재이며 힘들 때 위로해 주는 존재. 그때는 단순히 위로라 생각하였지만, 나이가 점점 들어감에 따라 그 추억에 대해서 점점 의미가 생겨났는데, 남은 친구마저 가고 난 지금에 있어서 나는 과연 그 추억을 상기하면 '그때 나는 그 아이들에게 있어서 어떤 존재였을까' 라는 생각이 든다.

학교를 마치고 돌아오는 어두컴컴한 골목길 안에서 등불을 보았다. 시커먼 어둠속에서 묵묵히 빛을 뿜어내고 있는 등불은 아마 나의 마음 한 구석에서도 빛을 바라고 있을 것이다. 친구와 헤어지고 나서 보는 등불 안에는 단순한 빛 뿐만이 아닌 여러 가지 의미가 담겨져 있는 듯하다.

등불을 보면 나는 늘 '친구'가 떠오른다. 어째서일까? 아마 어두운 밤에 환히 비춰주는 저 등불이야말로 친구 그 자체가 지닌 가치가 아닐까?

LONELY

_ 김민수

몇 년 전 막 중학생이 되었을 때 반의 공부 좀 한다는 아이들과 친해져서 시험기간에 공부하러 도서관에 간 적이 있다. 공부를 하러 간 거였지만 잠시잠시 놀기도 하고 본래의 목적인 공부도 했다. 물론 같이 밥도 먹고…….

그리고 1년 전 고1 시험 바로 전 주말에 우리는 이사를 했다. 그래서 나는 집에서 공부를 할 수 없어서 도서관에 가서 공부를 했다. 나 혼자서……. 처음 공부를 할 때는 열심히 해야겠다는 생각에 다른 생각이 나지 않았다. 하지만 점점 점심시간이 가까워지고 밥을 혼자 먹을 때는 기분이 솔직히 이상했다. 몇 년 전 친구들과 같이 먹었을 때는 아무렇지 않았는데 나 혼자서 먹으니 무엇인가 혼자 먹는 게 처량하기도 하고 밥맛도 없고 했다. 결국 다 먹긴 먹었지만 공부도 잘되지 않았다. 친구들과 함께 왔을 때는 '공부가 잘되는구나. 나는 도서관 체질이구나' 라는 생각이 들었었다. 그랬는데 혼자 오니까 전혀 적응이 되지 않았다. 생각해 보면 이런 일이 많았다.

사실 나는 외향적이기보다는 내향적인 편에 가까워서 친구를 잘 사귀기 어렵다. 그래서 지금 현재도 정말 친한 친구가 5명 미만이다. 보통 카카오톡이나 스토리, 전화번호부에 다른 친구들은 친구가 한 50~60명 정도 있고 적으면 20명이다. 하지만 나는 거의 없다. 그렇기 때문에 한번 사귄 친구는 최대한 싸우지 않으려고 노력해 본다. 다시 한 번 사귀기에는 내 성격 때문에 사귀기 어렵기 때문이다. 이런 문제는 항상 나에게 고민이었다. 왜 나는 친구가 별로 없을까? 내가 휴대폰으로 연락하는 건 거의 몇 명밖에 없고 그나마도 평소에는 거의 없다. 카카오 톡이나 타 메신저는 거의 쓰지 않는다. 그래서 항상 이런 고민이 든다. 도서관 때도 그렇고 메신저도 그렇고 친구의 소중함은 느끼지만 용기 있게 같이 가자는 말을 한 번 못한다. 정말 친하다고 생각하는 아이 외에는 말이다.

그래서 항상 학기 초 새로운 아이들과 친해지기 너무 어려웠다. 혹시라도 평소 알았던 아이가 거의 없을 경우에는 '또 어떻게 친해지지?' 라는 생각이 들었다. 가끔 가다 친구가 나의 문자나 전화를 안 받을 때는 항상 '애가 날 싫어하나? 내가 뭐 잘못 했나?' 라는 생각도 들고 가끔 가다 내가 못 받을 때는 '애가 날 싫어한다고 생각하면 어떡하지?' 라는 생각이 든다. 어렸을 때부터 성격 때문에 내 주위의 친구는 거의 1~3명뿐이고, 노는 것도 같은 친구들과 놀다 보니 이렇게 되는 행동은 결국 나에게만은 당연한 일로 다가왔다.

항상 위와 같은 생각이 들면 외롭다. 사실 많은 아이들에게 있을 수 있는 일인데 나는 항상 심각하게 받아들인다. 그래서 결국 외롭기까지 하다. 나도 이런 성격이나 생각을 외향적으로 바꾸려고 한 적이 많았다. 하지만 나는 18년 동안의 성격은 그리 쉽게 변하지 않다는 생각이 들었다. 그래서 바꾸는 건 포기했다.

세상에는 나와 같은 고민이 있는 아이들도 있을 수 있고, 더 심하거나 이런 고민이라곤 일체 하지 않는 아이들도 있을 수 있다. 그래도 점점 이런 생각이 든다. '그래도 역시 친구들과 같이 하는 게 나았을 것 같다' 라는 생각이, 그리고 역시 친구들이 좋다는 것이 말이다. 나와 같은 생각이 드는 사람이 있다면 오늘부터 친구에게 잘 대해 주면 어떨까? 그러면 친구의 소중함을 알게 되고 자신의 모자람을 좀 더 보완할 수 있지 않을까?

친구

_ 남중일

올해 7월, 나는 나의 가족들 곁을 떠나기로 결심했다. 가족을 버리는 심정을 생각해 본 적이 있는가? 내가 마지막 이별을 통보할 때 우리 반 가족들과의 추억이 드라마처럼 지나가는 듯했다.

반에서 유달리 웃음이 많고 친구들과 어울리기를 좋아했지만 외로움을 많이 타고 소심한 면이 있었던 나, 입학 초부터 친구들 사귀기에 걱정이 많았다. 그런데 다행히 항상 밝은 모습에 호감이 생겼는지 친구들이 하나둘씩 말을 걸어주기 시작했다. 그 덕분에 나에게 새로운 가족들이 생겼음에 너무 기뻤다.

몇 달이 지나고 갑자기 반에서 실장, 부실장을 비롯한 몇몇의 친구들이 달력에 친구들의 생일을 기록하기 시작했다. 한 명도 빠짐없이 말이다. 출석부를 들고 이리저리 돌아다니며 비록 입학한 지 얼마 되지 않아 서먹서먹할 때이지만 친근한 미소를 지으며 나를 비롯한 다른 친구들에게 생일을 물어보던 친구들의 얼굴이 아직도 생생히 기억이 난다. 그리고 조금의 시간이 흐르고 우리 반 달력에는 아이들의 생일에 칠해진 형광펜이 반짝반짝 빛나게 되었다. 내가 시작한 일은 아니었지만 다채로운 우리 반 달력을 볼 때면 나도 모르게 흐뭇한 미소를 짓고 있었다.

며칠 후 우리 반에서 첫 번째 생일을 맞이하게 되었고, 친구들은 진심으로 생일을 축하해 주었다. 서로 축하한다는 한 마디와 감사의 표시를 주고 받던 찰나에 갑작스러운 케이크의 등장, 반 친구들이 준비한 것이었다. 이때까지 학교생활을 하면서 이런 광경을 한 번도 본 적이 없었다. 케이크 커팅과 그후에 기념촬영까지……. 비록 같은 또래의 친구들이지만 어떻게 이런 생각까지 했는지……. 정말로 가족 같은 따뜻한 정을 느낄 수 있었고, 이런 기쁜 일을 함께 웃고 즐길 수 있어서 정말 행복했다. 한편으로는 친구들에게 아무것도 해주지 못한 내 자신이 미웠다.

한창 무더위가 하늘을 찌르고 맴맴 소리가 하늘에 울려 퍼질 즈음 우리 반은 어김없이 시원한 에어컨 아래에서 공부를 하고 있었다. 국사 수업을 들으며 마치기 5분 전!!! 모든 아이들이 저녁을 먹을 생각에 모두들 들떠 있었다. 그런데 이게 웬일인가! 갑자기 앞쪽에 앉아 있던 친구가 목을 잡고 쓰러지는 것이다. 실제로 살면서 그런 광경을 처음 보는 나는 도저히 믿을 수 없었고 손발이 굳어 움직이지 않았다. 다행스럽게도 선생님께서는 당황하지 않으셨다. 더 놀라웠던 것은 우리 반 학생들의 움직임, 아이들도 심각한 상황을 알아차렸는지 119에 곧바로 신고를 하고 책상들은 정리하여 이동할 수 있는 길을 마련하고 평소에도 침착하던 친구 한 명이 응급처치를 하고 있었다. 그리고 119가 도착하고 친구가 병원에 실려 간 후 아이들도 충격이 이만저만이 아닌 것 같았다. 그리고 방과후에 병원에 찾아가서 친구의 안부를 묻고 걱정의 한마디를 해주었다. 이제 와서 생각해 봐도 정말 친구 같지 않은 어른스럽고 한층 더 성숙된 친구들을 보는 듯 했다.

이별의 시간이 다가왔다. 가족들과의 아픈 이별을 겪어야 할 시간이었다. 평소에 잘 챙겨주지 못한 친구들에게 인사를 하고 친구들과 선배들은 나의 미래에 힘을 실어 주면서 나의 떠나는 발걸음을 한결 가볍게 해 주었다.

지금은 새로운 가족들을 만나고 또 다른 학교생활을 하고 있는 중이다. 10월 5일 어제가 이전 학교 담임선생님의 생신이었다고 한다. 이분은 학교에서 무서운 선생님 하면 세 손가락에 꼽히던 선생님, 하지만 그만큼 아이들과 정도 깊어 인기도 많으시고 약간 귀여운 면도 있으신 분이시다.

다행히도 친구들의 소식이 닿았지만 그 자리를 함께할 수는 없었다. 선생님과 친구들의 행복이 가득한 표정이 선명하게 묻어난다. 선생님은 지금이 가장 행복하다고 하신다. 사진을 보니 그립고도 너무 그립다. 얼굴은 웃으면서도 눈에서는 눈물이 쏟아지는 것만 같다. 역시나 가족은 잊을 수 없는 것이었다. 나는 아름다운 추억을 담고 새로운 가족들과 함께 또 다른 드라마를 써 나아갈 것이다.

세 명의 친구

_ 이신명

　나에게는 7년 된 친구와 2~3개월만 친구였던 친구, 날 배신한 친구가 있다. 7
년 된 친구는 7년 동안 나와 싸우기도 하고 즐겁게 놀기도 하고 때로는 1년 동
안 서로에게 대화 한마디 제대로 해본 적 없었지만 서로에 대해서 가장 잘 알고
가장 잘 이해할 수 있는 친구로, 그 친구는 지금도 여전히 친구다. 이 친구와는
평생을 함께할 것 같다. 눈빛만 봐도 무슨 생각을 하는지 지금 어떤 기분인지 알
수 있을 만큼 친한 친구다. 이 친구에게는 쉽게 주지 않는 믿음이란 걸 줬다.

　2~3개월만 친구였던 친구는 처음부터 그렇게 친하지 않았다. 중학교 3학년
때 만난 친구다. 첫인상부터 사납고 안 좋아 보였다. 3학년이 된 지 2~3개월 뒤
어느 날 체육시간이었다. 난 그다지 운동하고 싶지 않아서 쉬고 있었는데 그
친구가 와서 나에게 지갑을 맡기었다. 처음에 맡길 때는 다른 친구에게 2만 원

이라는 거금이 있다고 보여줬다며 나에게 맡겼다. 하지만 수업이 끝나고 보니 돈이 없단다. 난 지갑에 손 댄 적도 없고 움직인 적도 없는데 나보고 범인이란 다. 참 황당한 일이었다.

난 생각했다. '이놈은 도둑놈이구나!' 라고 계속 의심받다가 난 참지 못해서 담임선생님께 이 사건을 넘겼다. 선생님도 나에게 믿음이 있으셔서 난 안 그랬을 거라고 믿어 주셨다. 하지만 그 친구는 결국 나에게 그 돈의 절반인 1만 원을 받아갔다. 며칠 뒤 한 친구의 이야기를 들어보니 그 친구는 원래 그런 애였다고 나에게 말해 주었다. 그 이후로 그 친구하고는 거리감을 확실히 두었다.

날 배신한 친구는 지금 우리 반에 있는 친구다. 첫인상도 괜찮았고 친하게 지냈고 날 잘 따라 주었고 서로의 억울함에 대해서도 확실히 아니라고 믿어 주었던 친구라서 믿음을 주었고 친하게 지냈다. 그런데 며칠 전 우리 반에 조그마한 사건이 있었는데 그 친구가 그 사건을 선생님에게 이야기한 사람을 나로 몰았다. 난 그때까지 친구와 쭉 함께 있었다. 심지어 휴대폰을 친구에게 빌려줬었기까지 했는데 문자는 충분히 번호 바꿔서 보낼 수도 있기 때문에 난 어이가 없었다. 그 순간부터 기분이 확 상해버렸고 그 친구에 대한 믿음이 사라져버렸다. 지금도 그 친구를 믿어야 할지 고민이다. 용서는 했지만 믿음은 아직 못 줄 것 같다.

친구를 통해서 나는 위로도 받고 상처도 받았다. 사람이 한평생 살면서 속마음을 털어놓을 수 있는 진실한 친구가 세 명만 있어도 성공한 인생이라는 말이 있다. 지금은 나에게 그러한 친구가 하나뿐이고 상처를 준 친구가 더 많다. 하지만 배신을 당해도 친구가 있어서 외롭지 않아 좋다. 앞으로도 나는 친구를 마음을 다해 사귈 것이고 마음을 알아줄 수 있는 지기(知己)를 얻을 수 있을 것이라고 믿는다.

제2의 자신

_ 안진영

　그날 따라 기분이 좀 좋지 않았다. 그때가 시험기간이어서 그랬는지는 모르겠지만 조금 민감한 상태였다. 그때 친구가 나에게 시험 범위를 물어보았다. 귀찮아서 처음에는 대략 알려주었다. 그랬더니 친구가 나에게 한 번 더 물어보았고 나는 그 친구에게 나도 잘 모르겠으니 네가 직접 확인하라고 짜증 섞인 퉁명한 말투로 말했다. 지금 생각해 보면 왜 그랬는지 모르겠다. 그리 짜증날 일도 아니었던 것 같은데, 그렇게 말하고 나서 마음이 계속 불편했다. 괜히 친구에게 상처를 준 것 같아 미안하고 나에게 화가 났다. 친구를 소중히 대하지 못한 점에 대해서 반성해야만 했다.

　그래도 그 친구는 평소처럼 대해 주었다. 내가 우물쭈물 퉁명스럽게 말한 점에 대해서 변명을 했는데 친구는 그럴 수도 있지 하며 날 이해해 주었다. '이런

게 친구구나' 하는 생각이 들었다. 사실 일화를 이렇게 조금만 적어서 그렇지만 사실 내가 친구에게 이런 식으로 대한 적이 꽤 많이 되는 것 같다. 나의 기분대로 좋으면 친하게 지내다가 기분이 안 좋으면 친구에게 막 대하는 경향이 있다. 나도 항상 친구에게 막 대했을 때는 그 뒤에 잘못한 것을 인식하고 또 후회하기도 한다.

그런데 왜 이런 경우가 생기는 것일까? 친구에게는 친한 만큼 더욱더 친절히 대해야 한다. 친구에 대한 명언들 중 플라톤은 '친구는 모든 것을 나눈다.' 라고 하였고, 아리스토텔레스는 '친구는 제2의 자신이다.' 라고 하였다. 이 말은 친구가 그만큼 중요하고 소중하다는 말이다. 사실 이 명언들이 명언으로 분류되어서 그렇지 그리 어려운 내용도 없고 누구나 할 수 있는 당연한 말들이다. 친구와 관련된 명언들의 공통점은 친구를 자기 자신으로 여기며 소중하게 대하라는 내용들이다. 친구를 자기 자신처럼 여긴다면 어찌 함부로 대할 수 있겠는가? 친구가 편안하다는 것이 막 대하기에 편하다는 그런 의미가 아니라 제2의 자신으로서 편안한, 옆에 있어서 편안하다는 의미이다. 책상과 의자는 서로 다른 것이지만 서로 조화를 이루며 모였을 땐 편안하다는 생각이 든다. 책걸상을 책상 하나에만 또는 의자 하나에만 비중을 두지 않은 이유가 이런 편안함 때문이다. 공부를 할 때 의자만 있다면 책을 놓을 곳이 없어 불편하고 책상만 있다면 앉지 못해 불편할 것이다. 의자에 앉아서 책상 위에 책을 두고 공부하는 편안함, 그것이 내가 생각하는 친구가 줄 수 있는 편안함이다.

친구는 서로 간에 의사소통이 원활해서 상호작용이 잘 이루어져야 관계가 잘 형성될 수 있다. 서로 자신의 주장만을 강요한다면 마치 의자가 의자 역할을 하지 않고 책상 역할을 자처해서 앉을 수 없게 되는, 서로 불편함만 주는 존재가 될지도 모른다. 나는 계속 나의 친구들과 내가 책상과 의자처럼 서로에게 기분 좋은 편안함을 줄 수 있는 관계가 되기를 소망해 본다.

인 연(因緣)

_ 신재철

인연은 필연적인 것이기보다 우연적으로 생기는 것이다. 즉, 사람들은 모두 다 서로를 알아가기 위해서 힘쓰지 않고 자연스럽게 만나게 된다. 예를 들면, 미팅을 해서 만나는 것이라고 해서 만나려고 애쓰는 것보다 미팅을 하게 된 것이 좀 더 자연스럽고 우연적이라는 것이다. 불교에서 '거자필반(去者必返) 회자 정리(會者定離)' 라는 말이 있다. '헤어지면 반드시 만나게 되어 있고 만나면 반드시 헤어질 운명에 있다.' 나는 이 말을 보면 운명은 우연적인 만남이라는 생각이 든다. 반드시 만나게 되고 반드시 헤어질 운명에 있다는 것은 필연적이지 않다. 위에서 말했듯 이 자연스레 만나게 되고 헤어지게 되는 것이기 때문이다.

문득 중학교를 입학할 때 머릿속에 스쳐간다. 초등학교를 갓 졸업하고 중학교를 입학하게 되었을 때 정말 생소하고 어색했던 기억이 난다. 나를 비롯한 많은 애들이 반배정을 받아서 줄을 서 있었다. 또래 친구들뿐만 아니라 중학교 선배들도 많이 모여 있었다. 이렇게 모여서 중학교 교가를 제창을 하는 데 초등학교 때의 교가와 비슷한 느낌을 받아서 조금 친근하게 느껴졌지만 또한 친근하지 않았다. 지금 기억해 보면 초등학교 교가와 중학교 교가가 조금 비슷해서 둘 다 잘 생각이 나질 않는데 모교의 교가쯤은 외우고 있어야 하지 않나 생각한다. 그렇게 배정된 반에 들어갔을 때 같은 초등학교에서 몇 번 이야기를 나누었거나 함께 놀았던 친구들이 조금 있어서 기분이 들떴다. 내 성격이 남에게 잘 다가가는 성격이 아닌지라 더욱 더 다행이었다. 그렇게 나는 1학년을 반의 많은 친구들을 알고 있어서 좀 재밌고 유쾌하게 보냈다.

2학년이 될 무렵, 나는 또 반배정을 받았다. 2학년 7반이었다. 2학년 올라가기 전 겨울방학식 전날에 장학금을 받았다. 그렇게 내가 공부를 잘 한 것은 아니지만 반 애들이 모르는 것 있으면 잘 가르쳐주고 그래서 담임선생님께서 나를 추천을 하셔서 장학금을 받게 된 것이다. 나를 비롯해 두세 명이 같이 받았는데 그 애들은 분명히 공부를 나보다 훨씬 더 잘하는 애들이었다. 2학년 반에 처음 들어간 날, 많은 아이들이 내 얼굴을 기억하고 있었다. 그들의 눈동자에는 1학년 겨울방학식 전날 내가 장학금을 타는 모습이 보였다. 그 때문일까? 그 애들은 나에게 그 이야기를 빌미로 삼아 나에게 말을 건네왔다. 나는 조금 소심했지만 말을 걸면 말을 회피하는 성격이 아니라서 함께 이야기를 했다. 그러면서 자연스레 친구들과 많이 친해졌다. 그리고 같이 게임도 하고 공부도 모르는 것이 있으면 서로 가르쳐주고 그렇게 시간이 순식간에 흘러갔다. 그렇게 2학년을 갈무리할 무렵 우리는 설문조사를 하게 되었다. 남녀공학중학교였지만 우리 학년만이 남녀분반을 했기에 조금 불만이 있지 않냐는 설문조사였다. 이 설문조사에 의해서 3학년 때 남녀분반을 할지 아니면 남녀합반을 할지가 정해질 만큼 엄청나게 중요한 조사였다. 나는 많은 사람들을 만나는 것을 좋아하는 지라 남녀합반을 체크했다. 나뿐만 아니라 많은 친구들이 그랬다. 앞에서 내가 말한 이유는 핑계일지도 모르겠다. 이성에 끌릴 때이기에 나뿐만 아니라 많은 친구들이 그랬을 것이다. 그렇게 몇 달이 지나고 겨울방학 전, 전 학생들이 반배정을 받았다. 1번, 2번, 3번 가면 갈수록 떨렸다. 나는 몇 반일까? 2학년 반 애들 중 누구와 같은 반일까? 생각했다. 내 이름이 신씨라서 내 번호는 거의 가운데에 위치한 번호이다. 그래서 거의 중간쯤에 내 번호가 불리고 반에 불렸는데 앞에선 아무도 나와 반이 일치하지 않았다. 내 번호가 불린 후 뒤로 친구들이 번호가 불렸는데 나와 일치한 애들이 없었다.

"37번, 1반. 38번, 3반. 39번, 7반. 40번, 14반. 끝!" 담임선생님께서 번호를 다 불러 주셨다. 맙소사, 나랑 같은 반인 애가 아무도 없었다. 그렇게 겨울방학식이 끝나고 나서 집에 돌아가는 길에 아는 애들에게 "너 몇 반이냐?"고 묻고 다녔지만 아무도 나랑 같은 반인 애가 없었다. 나는 집에 돌아가면서 남녀합반이 돼서 같은 반 애들끼리 같은 반 되기 좀 드물겠다고 자기합리화하며 돌아갔다. 집에 돌아가서 문자를 보내고 문자 온 내용을 보니 진짜 아무도 나와 같은 반이 없었다. 나는 3학년 때 전학생마냥 혼자서 반에 올라갈까 봐 두려웠다. 공포스러웠다. 3학년이 되기 전쯤만 해도 내 성격은 이랬다.

하지만 3학년이 되고 나서 내 생각은 달라졌다. 3학년 개학식을 한 후 반에 들어갔는데 어색한 화장을 한 몇몇 여학생과 두세 명 무리를 이뤄서 이야기를 나누는 몇몇 남자 아이들, 그리고 여자 아이들이 눈에 보였다. 그때, 어떤 친구 한 명이 나에게 먼저 말을 건네 왔다. "네가 재철이가? 네 얘기 많이 들었다." 내 얘기를 들었다는 말에 눈이 휘둥그레졌고 나도 반갑게 인사를 하고 이야기를 나누었다. 3학년에 들어오기 전 아는 애가 아니면 먼저 이야기나 인사를 나누지 않았던 내가 이제는 자연스럽게 그리고 친근하게 먼저 다가가게 되었다. 그때 '헤어지면 반드시 만나게 되고 만나면 반드시 헤어질 운명이 온다.' 라는 불가의 말이 떠올랐다. 나는 자연스레 2학년 때 친구들과의 이별을 했지만 3학년 때 새로운 만남을 접했다. 비록 2학년 때 같은 반 아이들이 3학년 때 나와 같은 반이 아닐지라도.

3학년 때는 진짜 많은 만남들이 있었다. 게임을 하면서도, 운동을 하면서도 다른 반 친구들을 알게 되었다. 그리고 자연스레 몇 번 인사를 나눠도 다른 반 친구들과 친하게 지냈다. 나는 이러한 만남이 필연적인 것이기보다 자연스러운 우연적인 만남이라 생각되었다. 이렇게 되면서 내 성격도 변했다. 비바람이 몰아치고 폭풍이 닥치는 시련에 갇힌 나에서 들판이 보이고 꽃들이 보이고 나비들이 덩실덩실 춤을 추는 곳에 공존하는 나로 바뀌어갔다. 그렇게 소중한 중학교 3학년 때의 추억을 뒤로 한 채 졸업이 서서히 다가 왔다. 나는 이렇게 3학년 때 친구들과 헤어져야 된다는 것에 슬펐지만 속으론 고등학교에 들어서서 새로운 친구들을 만나게 된다는 것에 기뻤다. 하지만, 헤어진다는 것이 기쁜 마음보단 더 컸던 것 같다. 그렇게 졸업을 마치고 고등학교에 입학을 하면서 또 새로운 만남을 하게 되었다. 진짜 세상의 모든 만남과 헤어짐은 자연스레 이루어질 뿐만 아니라 세상의 이치가 아닐까 생각해 보았다. 불교의 윤회사상처럼 사람이 죽으면 다시 태어나고 태어나면 다시 죽듯이, 만남도 헤어지면 만나게 되고, 만나게 되면 헤어진다는 것을.

지금 고등학교 생활을 거치면서 1학년, 2학년 친구들도 모두 다 자연스레 만나게 되고 이 자연스러운 만남에 대해서 나는 항상 고마움을 느낀다. 이렇게 많은 사람들이 인연의 기쁨을 모두 잊고 살진 않을까 생각한다. 내 이야기를 통해 주변 사람들 그리고 친구들의 만남의 소중함과 인연의 기쁨을 잊지 않았으면 한다.

그리고 문득 떠오른 피천득님께서 쓰신 「인연(因緣)」의 명언을 몇 가지 이야기 하고자 한다.

"간다 간다 하기에 가라 하고는 가나 아니 가나 문틈으로 내다 보니 눈물이 앞을 가려 보이지 않아라."
— 피천득, 인연 중에서

자연스레 보내 주지만 헤어짐에 대해서 슬퍼하는 모습이다. 나의 중학교 1학년 때부터 고등학교 1학년 때의 모습을 빗댄 말 같아서 가슴에 와 닿는다. 이

뿐만 아니라 더 가슴에 와 닿는 다른 구절은 이것이다.

"그리우면서도 한번 만나고는 못 만나기도 하고, 일생을 못 잊으면서도 안
만나고 살기도 한다."

- 피천득, 인연 중에서

이 구절은 인연의 소중함을 알게 해주는 것이라 또 내 가슴을 찌릿하게 한
다. 나는 많은 사람들이 인연의 소중함을 깨닫길 바라고 앞으로 만날 모든 인
연에 대해서 소중히 다루길 바란다.

"모든 순간은 생의 단 한번의 시간이며 모든 만남은 생의 단 한번의 인연
이다."

-법정 스님

넓은 바다
_ 김병주

봄, 여름, 가을, 겨울 부모님을 비롯한 가족보다 더 많은 시간을 보내는 사람의 이름 '친구'. 그런 친구들과 함께 있을 때면 나도 모르게 기분이 들뜨게 된다. 많은 친구들과 함께 있노라면 뭐든지 할 수 있을 것 같고, 무슨 일이라도 헤쳐 나갈 수 있을 것 같은 기분이 든다. 친구는 나에게 항상 든든한 버팀목이 되어주고 심하게 싸우고 나서는 웃으면서 다시 마주할 수 있는 사람이다.

친구끼리 어깨동무를 한 등을 보면 바다의 광활함을 느낄 수 있으며, 어깨동무를 한 어깨는 높게 일렁이는 파도와 같다. 이처럼 친구는 내 인생에 있어서 둘도 없는 기둥 같은 느낌이 든다. 나와 희로애락을 같이하는 친구는 내가 슬플 때나 기쁠 때나 아무 조건 없이 내 이야기를 들어주는 바다와 비슷하다. 넓은 바다를 보면 내 친구의 넓은 등을 보는 것 같고, 파도는 내 친구의 선한 눈썹을 닮았으며, 바다 위를 함께 떠다니는 갈매기떼를 보면 나와 내 친구들을 보여주는 것 같아 바다를 보면 항상 내 친구들이 생각나고 그립게 된다.

나는 작년 겨울방학 아빠와 단둘이서 KTX를 타고 경포대 겨울바다를 보러 갔었는데, 그때 그 쓸쓸한 겨울바다는 내 친구와 싸우고 난 직후의 내 심경을 보여주는 것 같아서 바다는 친구를 닮아 있는 것 같다고 또 한 번 느꼈다.

내가 바다를 보고 친구를 떠올렸던 것을 보면 친구는 내게 넓은 부분을 차지하고 있는 것이다. 바다가 그러듯 친구가 그러듯…. 사실 친구를 보면 그 사람의 인품을 알 수 있다는 말이 있듯이 친구는 인생에 있어서 중요한 부분이다.

친구와 깊은 대화를 나누는 시간이 부족하긴 하지만, 한 번씩은 바다에게 토로하듯 친구와 깊은 대화를 나눌 수 있다는 것은 얼마나 행복한 것인지 모른다.

나는 그런 대화를 나눌 수 있는 친구, 오늘도 내 옆을 차지하고 있는 친구를 보면 넓은 바다를 보는 것 같아 마음이 편하다.

마음 열기

_ 장현호

처음 고등학교에 올라왔을 때는 중학교 3학년 때 같은 반이었던 친구들이 많았다. 그렇기 때문에 1학년은 별 탈 없이 재미있게 지냈었다. 하지만 문제는 2학년에 올라올 때 생겼다. 2학년 진로를 문과로 선택하고, 친구들과 함께 담임선생님을 선택했다. 하지만 나 혼자만 반이 떨어졌고, 결국 친구들과 다른 반이 되었다.

처음 우리 반에 왔을 때는 정말 막막했다. 친한 친구가 없어서 1년을 어떻게 지내나 걱정을 하고 있었지만, 다행히 내 걱정은 기우(杞憂)였다. 지금 많이는 아니지만 그럭저럭 친구들과 친하게 지내며 즐거운 한 해를 보내고 있다고 생각한다. 특히 같은 동아리인 애들과 함께 학교 축제 준비도 하고 함께 다니는 시간이 생겨서 더욱 가깝게 지내고 있다.

어색함 속에 처음 교실로 들어섰을 때가 생각난다. 그때 나는 교실에 아는 애가 거의 없는 것을 보고는 절망에 휩싸인 상태였다. '똑같이 담임선생님을 선택한 친구들 중 나 혼자만 낙동강 오리알 신세라니. 도대체 이게 무슨 경우인가' 하는 온갖 부정적인 생각을 하면서. 하지만 점점 시간이 지나자 어색했던 것도 사라지게 됐다. 서로서로 친해지고 가까워지면서 학기 초 내가 생각했던 것과는 판이하게 달라졌다. 점점 더 재밌는 학교생활이 되어가고 있었다.

어색하게 시작한 한 해였지만 2학년의 끝자락에 서 있는 지금 돌이켜 보면 즐거운 한 해였다. 친하게 지내지 않던 애들과 점점 친해져 가고, 동아리 활동도 하면서 작년과는 다르게 조금 더 바쁘게 한 해가 지나가고 있다는 생각이 든다. 작년까지만 해도 그저 놀 생각으로 차 있던 머릿속이 점점 공부나 동아리 활동으로 채워져 갔다.

낯을 가리는 내 성격상 누군가와 친해진다는 것이 그리 쉽지만은 않았다. 그렇지만 초, 중, 고1, 2학년을 지내오면서 생각해 보니, 누군가와 친해진다는 것, 누군가와 친구가 된다는 것이 그리 어려운 것만은 아닌 것 같다.

그저 다른 사람에게 먼저 다가가 말을 거는 것, 그것이 낯선 사람과 친해질 수 있는 가장 쉬운 방법이다. 그런 다음에는 자연스레 그 사람과 가깝게 지내고 그러다 보면 어느새 친해져 있는 자신의 모습을 발견할 수 있다.

먼저 다가가 마음을 여는 것, 이것은 가히 어떤 관계에서든 중요한 것이라 할 수 있다. 친구가 되기 위해서도 마음을 여는 것이 중요하다. 그렇지만 이것은 친구 사이에도, 스승과 제자 사이에도, 직장 상사와의 관계에도, 어느 대인 관계에도 중요한 것이다. 마음을 먼저 열지 않는다면 어느 누구와도 가깝게, 친하게 지낼 수 없기 때문이다.

친밀한 사이를 만들어 가는 데에 중요한 '마음을 여는 것'. 오늘부터라도 먼저 사람들에게 다가가 "안녕하세요?" 하고 먼저 인사를 건네 보는 것은 어떨까?

한라산 등반

_ 최윤석

　몇 주 전 학교에서 1학년들을 대상으로 단체 수학여행을 갔었다. 수학여행의 목적지는 제주도였다. 내가 아주 어릴 적 가본 그곳은 기억 저편에서 아른거렸다. 3박 4일이라는 긴 시간에 조금은 가기 싫은 내색도 해보고 걱정도 해보았었다. 그런데 막상 갔다와보니 어찌나 재밌던지 다시 가고 싶은 생각까지 들었다. 서먹했던 친구들과 친해지는 계기도 되었고 많은 자연경관을 보고 듣고 느끼며 체험했다.

　그중에서도 최고를 뽑으라면 역시 한라산 등반이 아니었을까 싶다. 제주도는 돌, 바람, 여자가 많은 곳이라고 알려져 있는데 처음엔 그 돌들이 다 어디에 있나 싶었다. 그런데 한라산에 잔뜩 있었다. 그것도 아주 많이. 한라산은 처음 몇 킬로미터는 아주 평평하고 매끈한 곳이었다. 그런데 점점 올라갈수록 울퉁불퉁한 돌들로 발바닥은 아파오고 더 올라가니 경사가 급해지면서 다리도 아파오고 말로는 형용할 수 없을 고통이 따랐다. 언제 이런 아픔을 느낄까 하루 온종일 의자에 앉아 칠판만 보는 학생이 말이다. 그렇게 아파도 한라산을 등반할 수 있었던 이유는 아마 중간중간에 쉴 수 있는 그늘진 정자와 속을 시원하게 달래주는 샘터 덕분이 아니었나 싶다.

시간이 지나고 버스 안에서 가쁜 숨을 헐떡이며 시원한 에어컨 바람으로 땀을 식히면서 문득 생각이 들었다. 마치 한라산이 친구 같다는 생각이……. 지금의 친구들을 알아가려고 마음을 먹었을 땐 처음 등산을 시작했을 때처럼 평탄하고 쉬울 줄 알았다. 그런데 알아가는 과정에서 울퉁불퉁한 돌처럼 가파른 경지처럼 고비도 있고 망설임도 있고 많은 방해물들이 있었다. 그런 과정을 거치고 진정한 친구들을 사귀었을 땐 한라산을 정상까지 등반했을 때의 성취감과 뿌듯함이 있었고 그 친구들은 산 중간중간에 있는 정자처럼 그늘로 날 감싸주었고 샘터처럼 허전한 내 속을 채워 주기도 했다.

생각해 보면 산과 친구는 정말 닮은 점이 많은 것 같다. '저 친구를 어떻게 사귈까' 하는 생각에 엄두도 못 내본 적이 많은데 그건 흡사 산을 오르기도 전에 지레 겁부터 먹는 '나' 같았고, 사람됨이 좋은 친구일수록 알아가고 마음을 공유하는 데 오랜 시간이 걸리듯 높고 험준한 산일수록 올라가는 시간은 길었다. 또, 산을 아끼고 보호하자는 것처럼 친구도 아끼고 사랑해야 한다고 생각했다. 아마 이번 수학여행의 한라산 등반은 단순한 체력단련이나 자연관광이 아닌, 내게 있어선 당연하다고 생각한 친구라는 주위 사람들을 다시 생각해 볼 기회도 됐고, 더욱 단합이 되는 계기도 된 것 같았다. 이번 여행만큼 중고등학교를 통틀어 기억에 남을 여행도 없을 것 같다.

나무와 친구

_ 홍정호

내게 있어서 친구란 어떤 존재이며 어떤 의미가 있는 것일까? 친구란 필요하면 아낌없이 모든 것을 주는 그런 나무에 비유하고 싶다. 나무가 인간에게 미치는 영향은 크다. 크게 본다면 산림 휴양 기능과 대기 정화 기능과 수자원 보호 기능이 있다. 숲이 없으면 우리 인간은 살아갈 수 없을 것이다. 이렇듯 친구도 없다면 숲과 인간의 관계처럼 혼자 살아 갈 수는 없을 것이다.

난 10살 때까지 청송이라는, 도시와는 거리가 먼 농촌에서 살았다. 그리고 11살이 됐을 때 대구에 이사오게 되면서 대구에 있는 초등학교에 전학을 왔다. 이런 도시는 처음이고 많이 낯설었고 또한 나의 성격 자체가 내성적이라서 잘 어울리지도 못 했었다. 그래서 언제나 혼자 있었고 많이 외로웠고 학교 자체를 다니기 싫어했다. 하지만 주변에 있는 애들이 이런 나를 알고 먼저 말을 걸어주면서 나의 친구가 되어주었고 가기 싫었던 학교가 친구들이 너무 보고 싶어서 토요일 일요일까지 나가고만 싶은 곳이 되었다. 친구는 산소와 같이 우리를 숨 쉬게 해주고 살아갈 수 있게 해준다. 친구가 있음으로써 혼자가 아니게 되고 슬플 때나 기쁠 때나 위로도 해주고 같이 슬퍼도 해주는 나의 조력자가 된다.

나의 아버지는 몇 년 전에 큰 교통사고를 당하셔서 병원에 입원하시고 건강이 몹시 안 좋으셨다. 나는 아버지가 혹시 돌아가실지도 모른다는 생각에 매일 우울하게 다녔고 나 또한 병을 앓은 것만 같이 힘들었다. 하지만 그때 한 친구가 나에게 편지를 써주었고 많은 위로를 해주었다. 그래서 이런 친구를 위해서라도 나는 빨리 정신을 차리고 긍정적인 마인드를 가지기로 했고 다행히도 아버지께서 곧 회복하셨다.

나무가 몸에 해로운 이산화탄소를 정화해 산소를 배출하듯 우리가 외롭거나 슬프거나 괴로울 때도 곁에 친구가 있어줌으로써 그런 안 좋은 감정들을 정화를 해주듯 위로를 해주면 우리는 "난 혼자가 아냐. 이런 친구를 위해서라도 빨리 좋은 모습을 보여줘야겠다."라는 긍정적인 생각을 가질 수 있다.

나무는 우리에게 그늘을 만들어 편안한 안식처가 돼주고 '피톤치드'라는 방향성 물질을 발산하기 때문에 사람의 건강에 효과를 주고 질병을 예방해 준다고 한다. 이렇듯 친구도 우리가 힘들고 지치고 쓰러지고 싶을 땐 편안한 안식처가 되어 줄 수도 있고 좋지 못한 생각과 감정들을 생기지 않도록 예방해 줄 수도 있고 치유해 줄 수도 있다.

내가 살면서 여러 힘든 일을 겪고 했지만 친구들 덕에 치유된 적도 많다. 나 혼자 하기 힘든 일도 친구와 함께라면 시너지 효과를 내며 이뤄낼 수도 있다. 아리스토텔레스가 'A friend is a second self.'라는 명언을 남겼다. 해석을 해보자면 '친구는 제 2의 자신'이라는 것이다. 내 주관적으로 생각하기에 이 명언은 친구가 제 2의 자신인 만큼 서로 돕고 이해하며 부족한 것은 서로 채워주라는 뜻이 아닐까?

뭉치면 서고, 갈라지면 넘어진다는 말과 같이 친구와 나와의 관계가 갈라진다면 우린 서로 지탱을 할 수 없어 넘어지고 말 것이다. 동물들이 숲이라는 터에서 상호작용을 하며 살듯 우리도 친구와 나라는 관계 터에서 서로 상호작용을 하며 더 인간답게 살아 갈 수 있는 게 아닐까?

어린 시절의 내 친구

_ 이동광

난 초등학교 3, 4학년 때 친구가 없었다. 아, 물론 학교에는 친구가 있었다. 하지만 학교를 마치고 나면 친구들은 대부분 방과 후 학교나 학원을 가기 때문에 난 집으로 혼자 향했다. 하지만 나에게는 집 열쇠가 없었다. 어머니께서 잃어버릴까 봐 만들어 주시지 않았다. 즉, 집에 가봤자 집에는 들어갈 수가 없었다. 예전에는 어머니가 오시기 전까지 집에 들어가지 못했다. 대문 앞에 쭈그리고 앉아서 외롭게 어머니를 기다렸다.

하지만 신문사에서 사은품으로 받은 자전거가 있었다. 자전거가 생기고 나서는 학교를 마치면 집으로 달려갔다. 대문은 쉽게 열 수 있었기 때문에 가방을 대문 안에 던져놓고 자전거에 몸을 실었다. 난 이 자전거만 있으면 갈 수 없는 곳이 없었다. 학교도 갔다가 남의 학교도 갔다가 처음 보는 동네로 탐험도 떠나보았다. 그렇게 돌아다니다가 집에 가면 어머니가 와 계신다. 집에 오면 항상 어머니의 걱정스런 잔소리가 들린다. "니는 어딜 그렇게 싸돌아 댕기노." 하면 난 그냥 씩 하고 웃고는 날 위해 차려놓은 밥을 먹었다.

하지만 컴퓨터가 생기고 학원을 다니다 보니 자전거는 내 기억 저편으로 사라졌다. 계단 밑에 자전거를 둬서 등교할 때도 보이고 학원을 갈 때도 보였다. 그런데 왜 비 올 때 비닐을 덮어주지 않았을까? 왜 눈앞에 있으면서도 관리를 해주지 않았을까? 어릴 때의 애정과 고마움은 다 잊어버렸을까?

얼마 전에 이사를 했다. 이사 차가 오고 짐을 트럭에 실으려고 계단을 내려오는데 계단 끝에 오랫동안 비를 맞아서 녹이 슬고 타이어에 바람이 빠진 상태로 방치되어 있는 나의 오래된 친구를 발견했다. 난 그 친구와 녹슨 추억들을 회상하느라 잠시 멍하게 서 있었다. 마치 오랜 친구를 잃은 것 같은 기분이었다. 아주 묘했다. 어머니께선 버리고 가냐고 물으셨다. 난 나도 모르게 가져가자고 했다. 짐 정리를 다 하고 쓰레기를 버리러 내려가는데 아파트 현관에 늘 그랬듯이 묵묵히 서 있는 나의 오랜 친구를 발견했다. 녹이 슨 체인과 바람이 빠진 타이어, 한쪽이 없어져 버린 페달 등의 상처를 보고 정말 미안함을 느꼈다. 자전거가게에 고치려고 가져가 보았지만 망가진 정도가 좀 심하다며 그냥 새로 사는 쪽을 추천해 주었다. 버릴 거라면 두고 가라고 하셨지만 난 아파트 현관에 잘 두었다. 언젠가는 다시 한 번 더 타보고 싶다.

용서의 꽃

_ 장세민

　작년, 봄이 아직 게으름을 피우고 겨울이 늦은 으름장을 놓고 있을 때에 나는 너를 처음 보았다. 고등학교에 갓 올라온 수많은 까까머리, 염색머리의 소년들 속에서 나는 너를 바로 보았다. 말이 적고 소극적인 성격에 쑥스러움을 잘 타는 너는 나의 실없는 농담에도 얼굴이 붉어지던 그런 아이였다. 말이 적은 너라서였을까. 주위에 친구도 없이 혼자서 지내던 네 모습은 마치 예전의 내 모습을 보는 것 같아 나는 너를 가만히 내버려 둘 수 없었다.

　똑똑. 너의 마음에 살며시 노크한 나의 작은 노력들에 너는 끝내 문을 열어주었다. '베스트 프렌드'라고는 못하겠지만, 다른 사람들의 눈에 우리는 썩 친해 보였던 것 같다. (물론 나도 그렇게 생각했다.) 친한 친구 사이이기에 당연히 모든 점에서 나는 너를 이해하기 위해 노력했다. 너는 알면 알수록 모를 사람이라서 나는 너를 알아가는 게, 친해지는 게 재밌었고 그런 너를 진정으로 좋아했던 것 같다.

90년대에 우정을 추억하는 드라마나 영화 속의 남자주인공들처럼, 만나면 주먹을 마주하고 위 아래로 부딪혀가며 정을 내던 우리는 한 사소한 일 때문에 멀어지기 시작했다. 내가 좋아하는 시인 신경림의 「동해바다 - 후포에서」 속 화자는 친구의 잘못은 크게 보고 자신에게는 너그러운 옹졸한 삶을 반성하고, 동해바다를 보며 스스로를 절제하고 채찍질하면서 관대하고 포용력이 있는 삶을 살기를 소망한다.

그런데 너의 티끌만한 잘못을 깊고 짙푸른 동해바다처럼 감싸고 끌어안기엔 내 마음속 바다는 너무 작고 옹졸했나보다. 아니 어쩌면 나는 지독히도 너를 믿고 있었기에 너로 가득했던 내 마음의 바다는 너를 부정하는 순간 이미 바다가 아니게 되었는지도 모르겠다. '내 친구는 그러지 말아야 한다.', '내 친구가 그럴 리가 없다.'라는 나만의 기준을 세워놓고는 제멋대로 기대하고 제멋대로 실망하며 그렇게 너에게 바라기만 하고 정작 너의 잘못을 용서하려고는 생각지도 않았구나.

처음에는 마음을 덴 나와는 달리 아무렇지 않게 지내는 네가 무척이나 미웠다. 뻔뻔한 네 행동들이 고까워서 나는 정의의 사도를 자청하며 너를 심판하고 싶었던 것 같다. 다른 친구들을 만날 때마다 너의 허물을 들추어내며 정의를 실현하고 싶었고, 그게 세상을 지키는 내가 할 수 있는 최선의 정의라 믿었다. 하지만 그게 아니었다. 나는 그저 네 이름을 팔아 상처받은 내 마음을 위로받고자 했고, 그런 이기적인 내 모습을 너의 허물로 가려 나는 선한 사람인 척, 너와는 다른 사람인 척 가장하려 했다.

이기적인 정의의 심판자는 쉽게 지쳐버려선 '그냥 잊어버리고 그 애는 신경 쓰지 마.'라는 친구의 말을 받아들여서 너를 마음에서 완전히 멀리 하려 했다. 하지만 너는 나에게 멀고도 가까운 사람이라 마음 한 편에서 너를 몰아내어도 어느새 다시 내 눈에 들어왔다. 너에 대해 좋은 인식을 가지고 있었을 때 네 모든 것을 이해하던 색안경을 벗고 진실을 알게 된 건지 아니면 진실을 알고 나서 실망한 나머지 색안경을 끼게 된 건지 나는 지금 잘 모르겠지만 이미 부정적인 색안경을 끼고서 너를 신경 쓰지 않는다는 건 너무 힘든 일이었다.

그러나 한편으로는 도통 입을 열지 않아 무슨 생각을 하는지도 모르는 네가 나란 놈 때문에 멋대로 판단되는 게 미안하고 안쓰러워서 네가 아니라 그런 너를 있게 한 이 세상을 미워했다. 밑도 끝도 없는 염세주의라고 말할지도 모르겠지만 아름다운 세상을 꿈꾸고 꼭 그런 세상을 만들고 싶었던 내게 너와 마주한 현실은 높은 벽이었다.

누군가가 힘들어하는 내게 이렇게 말해 주더라.

"세상은 투명한 유리병 안에 든 물과 같아서 먹물 하나 떨어져도 뿌옇고 흐려지는 법이야. 그럼 다시 물을 맑게 하려면 어떻게 해야 하지? 유리병을 부수고 새로운 물로 채워버릴까?" "……."

"다른 방법이 있어. 유리병을 그대로 두더라도 맑고 깨끗한 물을 계속 넣어준다면 언젠가는 다시 물이 맑아질 거란다. 세상을 바꾼다는 게 이렇게 오랜 시간과 노력이 필요한 힘든 일이니까 너무 상심하지는 마."

나는 그날 생각했다. 세상의 틀을 부정하고 부숴버리지 않고도 나와 생각을 같이하는 사람들의 지속적인 노력으로도 세상을 맑게 할 수 있을 거라고. 만약 그렇게 된다면, 그런 날이 온다면 나는 너를, 세상을 용서할 수 있을까.

어쩌면 나는 머리로는 널 용서해야 한다는 걸 알고 있는지도 모른다. 하지만, 이해인 수녀님의 시 「용서의 꽃」에서처럼, 너를 용서한다고 말하면서도 사실은 용서하지 못하는 나 자신의 이러한 역설을 너는 이해해 줄 수 있을까. 나는 참 이기적이고 용기가 없는 놈이라 아직은 너에게 고맙다, 미안하다는 말 한마디도 못할 것 같구나. 너의 잘못이 있었을 때, 아무것도 할 수 없었던 죄책감이 나의 마음을 철창으로 굳게 가둬놓았나 보다.

'진정한 용서는 용서한 일조차 잊어버리는 것'이라는 말이 있다. 언젠가 내가 굳게 닫힌 마음속 철창을 열고 너에게 '용서의 꽃'을 전하며 진정한 용서를 하는 그런 날이 올 수 있을까.

잊히지 않을 향기
_ 장재용

   친구란 무엇일까요. 미국 인디언들은 친구를 '내 슬픔을 자기 등에 지고 가는 사람'이라고 말합니다. 혹자는 친구란 '이 세상과 모든 사람이 나를 버릴 때 나를 찾아와 주는 사람이다.'라고도 합니다. 아직은 이 말들을 완전히 이해하기 어렵지만, 시나브로 나이를 먹어가면서 어렴풋이 알 것 같기도 합니다.

   어릴 적에는 친구란 그저 '같은 나이의 또래, 특히 같이 노는 아이'라고만 생각했습니다. 매일같이 유치원에 가고, 놀이터에 가서 노는 제 또래 아이들을 보면서 저는 그들을 '진짜 친구'라고 생각했습니다. 그런데 초등학교에 다니기 시작하고, 다양한 동네의 다양한 학생들을 만나면서 친구에 대한 생각도 바뀌어 갔습니다. 서른 명 남짓한 한 반 안에서도 알게 모르게 소외된 아이가 생기기 시작했고, 며칠 전에 같이 놀던 아이가 오늘은 뒤에서 나를 비난하기도 하고, 아이들 여럿이서 비공식적인 집단을 형성하여 일종의 군중심리에 휩싸여 다른 또래집단을 배척하기도 했습니다.

불과 며칠 전에 함께 같이 놀던 한 아이를 뒤에서는 '재수 없다.'며 비난하는 급우의 모습을 보며 저는 '같이 논다고 진짜 친구는 아니구나!' 라는 깨달음을 얻었습니다. 학년이 올라갈수록 그런 경향은 심해졌습니다. 어렸을 때는 한 번 같이 모래를 파고, 술래잡기를 하는 것만으로도 처음 본 아이와도 '친한 친구' 가 되었지만, 고학년이 되고 나서는 몇 번 같이 논 아이와도 깊은 관계를 나누는 게 어려워졌습니다.

중학교에 입학해도 마찬가지였습니다. 중학교에서 좀 더 성숙한 학우들과 깊은 교분을 맺기를 바랐던 것은 너무 어리석은 생각이었다는 것이 명백해졌습니다. 담임선생님이 반에 없다는 것이 큰 이유일 것입니다. 초등학교를 다니던 시절에는 그래도 모든 급우들이 '평등'한 관계에 있었다면, 중학교를 다니면서부터 동년배의 급우들 사이에서도 일종의 암묵적인 '서열'이 생겼다는 것이 느껴졌습니다. 다른 아이의 돈을 갈취하고, 심부름을 시키고, 술을 마시고 담배를 피우는 급우들이 생겨났습니다. 물론 그렇지 않은 아이들도 있었기에 저는 그들과 함께 일 년 동안 같이 급식을 먹고, 점심시간과 쉬는 시간에 같이 놀기도 했습니다.

그러나 그뿐이었습니다. 고민을 털어놓을 수 있는 친구는 줄어들었고, 학교에서는 같이 잘 놀던 친구들이라도 정작 휴일에 놀자고 문자를 보내면 답장을 않는 친구들이 많아졌습니다. 같은 반일 때는 나름 친한 친구라고 느꼈던 친구도 학년이 바뀌면서 연락이 뜸해졌고, 어떨 때는 모른 척하기도 했습니다. 시간이 흐를수록 학교에서의 친구관계에도 '계산'이라는 게 필요하다는 것이 느껴졌습니다.

친구를 무엇을 위한 '수단'으로 사귀는 아이들도 여럿 보게 되었습니다. 그 친구가 돈이 많아서, 또는 소위 말하는 '일진'이라서, 또는 공부를 잘한다든지 하는 어떤 이유 때문에, 결국 자신에의 이득을 위해 계획적으로 친구를 사귀는 사람들을 보면서 저는 회의감이 들기도 했습니다. 내 친구들 중에서도 나를 친구가 아닌 '수단' 으로 보는 아이가 있을까? 하는 의문이 들기 시작했습니다.

그런 생각의 씨앗들이 가지를 펼쳐 나가니 '좋은 친구는 무엇일까?' 라는 근본적인 의문에까지 이르렀습니다.

그무렵 저는 한 친구를 만났습니다. 사실 알게 된 지 거의 열 달이 넘어가지만 아직까지도 그 친구의 인적 사항에 대해서 많이 알지는 못합니다. 그 친구의 집에도 가본 적이 없고, 같이 놀러 나간 적도 없습니다. '친한 친구' 라는 말을 쓰기에는 아직 조심스럽기만 한 친구입니다. 하지만 만약 제 인생을 통틀어 제게 가장 많은 영향을 끼친 친구를 한 명 꼽으라고 하면 그 친구를 꼽을 것이고, 가장 친해지고 싶은 친구를 한 명 꼽으라고 해도 그 친구를 먼저 생각할 것이고, 마지막으로 평생 교류하고 싶은 단 한 명의 친구를 꼽으라고 하더라도 망설임 없이 그 친구를 선택할 것입니다.

저와 친구가 처음 만난 날은 정확히 1월 6일, 대구일과학고등학교 신입생 적응교육이 시작된 지 2일차가 되던 날이었습니다. 당시에 저는 '개천에서 용 나기 어려운 시대' 에 미래가 어느 정도 보장된 엘리트 코스 중 하나인 '특목고' 라는 동아줄을 잡은 것에 고무되었고, 어떤 면에서는 '내가 과연 이 수재들 사이에서 견딜 수 있을까?' 라는 생각에 불안해 하기도 했습니다. 그렇게 복잡한 심정 속에서 저는 그날 그 친구와 우연찮게 같은 조가 되었습니다. 처음에는 그저 '요즘 흔치 않게 착하게 생긴' 친구라고만 생각했습니다. 그런데 그 친구와 이틀 동안 조별 활동을 하고, 이후에도 두 달 동안 같은 반이 되어 대화를 나눠 보면서 그 친구에게 여태까지 만나왔고 스쳐 지나간 다른 친구들과는 다른 무언가가 있다는 것을 알게 되었습니다.

과학고에는 특목고라는 특성상 학업 능력이 우수하다고 평가받는 학생들이 선발됩니다. 그 때문에 많은 학생들이 상당한 지식과 학업능력을 가지고 있습니다. 대부분의 학생들이 수학과 과학 부분에서 몇 년은 앞서 있고, 다른 과목도 우수합니다. 그런데 그 친구는 솔직히 말해서 다른 아이들처럼 수학이나 과학을 특출하게 잘하는 것도 아닙니다. 하지만 그는 그런 '엄친아 또는 공부벌레'들이 모인 곳에서 꽤나 '인간적인' 면모를 보여주었습니다. 사실 과학인재를 육성한다는 과학고이지만 그곳의 학생들 중에는 과학에 관심이 있어서 지원했다기보단 좋은 대학을 가기 위한 발판쯤으로 생각해서 지원한 학생들도 몇몇 있었습니다. 물론 그중에는 저도 포함되었지요.

그에게는 과학에 대한 순수한 열정이 보였습니다. 다른 친구들이 '자신의 꿈이 무엇이다.'라고 하면 사실 그 말이 와닿는 경우는 많지 않았습니다. 그렇지만 그 친구가 저에게 물리학자가 꿈이라고 말했을 땐 저는 그의 말을 듣고 '이 친구는 정말 위대한 물리학자가 되겠구나!'라는 생각이 들었습니다. 물리학과 우주론에 대한 그 친구의 순수한 열정은, 그 당시에 특별한 꿈 없이 '과학고에 왔으니 뭔가 되겠지'라고 안일하게 생각하던 제 자신을 반성하게 했고, 제 자신이 꿈과 미래에 대한 진지한 고민을 하게 하는 계기를 제공했습니다.

그 친구는 요즘 보기 드물게 순수하고 선한 면모를 보여주었습니다. 그 친구와 같은 교실에서 수업을 들으면서, 그 친구처럼 진지한 모습으로 수업을 듣고, 다른 학생들을 배려하는 모습을 보여준 친구는 없었다고 해도 과언이 아니었습니다. 저는 중학교 이후로 '학생의 성적과 선함은 반비례한다.'라고 생각했고, 또한 제가 여태까지 본 '공부 잘하는 학생'들의 대다수는 착하다기보단 자신만을 생각하는 경향이 있었고, 불리한 상황에서 벗어나기 위해 꼼수를 쓰는 모습을 보여주었기에 그의 선한 모습은 저에게 큰 감명을 주었습니다. 돌이켜 생각해 보니 저도 사실은 살아오면서 타인들을 위해서보단 자신만을 위한 행동을 많이 했고, '사람은 착해야 한다.'는 당연한 것을 지키지 못했다는 생각이 들어 반성하기도 했습니다.

그의 깊고 넓은 생각 또한 제가 그 친구를 좋아하는 이유 중 하나입니다. 사실 저를 포함한 많은 청소년들은 사회 문제에 대한 진지한 생각이나 일상생활의 부조리에 대한 문제의식이 상당히 결여되어 있습니다. 이슈가 되고 있는 사회적 문제에 대한 생각도 거의 없고, 학교를 비롯한 일상에서 겪은 부조리에 대해서도 '사회가 다 그런 거지.' 하면서 지나치기 일쑤입니다. 다시 말해 '철학'이 없다는 것입니다. 70년 전에는 고등학생을 비롯한 청소년들도 항일운동에 많이 참여했고, 불과 30년 전만 해도 고등학생들도 민주주의를 위한 집회에 참여하고 사회 문제에 대해 고민했지만, 요즘의 고등학생들은 입시 때문인지 사회에 대한 생각이 부족하다는 것입니다. 그러나 그는 현상을 바라보는 통찰력이 있습니다. 물론 그러한 생각을 표현하는 언어적 능력도 탁월하지요.

'배우는 것 자체의 의미를 실천하고 싶다.' 라는 말을 듣고 '등급'에 연연해하던 내 자신이 얼마나 초라해 보였던지 모르겠습니다. '나는 다르다.' 라고 생각했지만 시험을 치고 난 후 등급에 연연해 하고 좋은 대학에 집착했던 속물 같은 저에게 그의 말은 정말이지 '야구빠따로 뒤통수를 맞은' 기분이었습니다. '수업이란 선생과 제자의 소통이어야 한다.' 며 진도 나가기에만 급급한 학교에 대한 불만을 토로하던 그의 모습을 보고는 입시제도와 학교교육에 대해 많은 생각을 하게 되었습니다. 또 주위 친구들의 시선 때문에 장애를 앓는 급우를 무시하게 된 것을 반성하는 내용의 글을 읽고는 정말 많은 반성을 하게 되었습니다. 중학교 2학년 때 같은 반에 장애를 앓는 급우가 있었는데, 반 친구들이 그를 괴롭히는 것을 보고도 그저 방관하기만 했던 것이 그 글을 읽고 나서야 해서는 안 될 아주 나쁜 일이었다는 것을 깨닫게 되었습니다. 물론 그 이외에도 마음에 새겨 넣을 만한 주옥같은 말들이 많았습니다.

몸과 마음에 굳어진 행동과 생각들을 바꾸는 것은 매우 힘든 일이지만, 그 친구의 이러한 모습들을 보면서 조금씩 바꾸려고 하고 있습니다. 그 친구는 세상에서 가장 도덕적인 사람은 아닐지도 모릅니다. 하지만 그는 사색과 독서를 바탕으로 한 깊은 생각으로 자신을 되돌아봅니다. 그에게는 「삼국지」의 유비처럼 훌륭한 인물을 끌어들일 수 있는 인간적 매력—보통 덕(德)이라고 불리는—이 있습니다. 그에게는 진정성이, 순수함이, 철학이 있습니다.

여전히 '친구'가 무엇인지는 도통 알 수가 없습니다. 하지만 '좋은 친구'란 무엇인지에 대한 해답에는 가까이 가고 있다는 느낌을 받습니다. 세상에는 다양한 환경에서 다양한 경험을 한 친구들이 있습니다. 밤새도록 같이 동네를 쏘다니던 친구도 있고, 어려운 시기에 힘을 합쳐 역경을 극복한 친구도 있고, 재치 있는 말로 생활의 활력소가 되는 친구도 있습니다.

요즘은 '멘토'라는 말이 미디어에 유난히 자주 등장합니다. 그야말로 '멘토 열풍' 시대입니다. '멘토 제도'를 앞세운 오디션 프로그램이 인기리에 방영되기도 하고, 청년들의 인생의 '멘토'로 인식된 안철수 씨는 유력 대선 후보의 위치에 오르기도 했습니다. 김난도 씨의 <아프니까 청춘이다>, 법륜 스님의 <방황해도 괜찮아>와 같이 청년들에게 조언을 주고 위로를 하는 류(類)의 책들이 베스트셀러에 오르기도 합니다.

이런 저런 친구들이 있지만, 자신을 되돌아보게 하고 또 인생의 갈림길에서 나침반이 되는 '멘토'와 같은 친구들이 필요하지 않을까요. 매체를 통한 멘토의 가르침보다는 가까이 있는 친구의 말에서 어쩌면 더 많은 인생의 지혜를 찾을 수 있을지도 모릅니다.

내가 남 몰래 정한 멘토는 자신을 '잊힌 향기'라고 표현했습니다. 하지만 그는 영원히 '잊히지 않을 향기'로 남을 것입니다. 그의 농축된 인간미를 조금씩 풍기면서…….

제4부

숨 쉬는
모든 존재의
경이로움

목차

강아지
정승부

생명
남중일

겨울나무
백민기

빈 화분
안진영

바람, 햇살, 물결 그리고 별
김병주

우유곽
한제윤

개미
장현호

낡은 단풍 하나
한좌현

생명
홍정호

강아지

_ 정승부

갑자기 누나가 들고 온 정체 불명의 상자

어느 날 늦게 들어 온 누나의 손에는 커다란 상자와 함께 애완용품이 들려 있었다. 그때까지만 해도 나는 방안에 있어서 몰랐지만 우리 어머니의 기겁하시는 목소리에 나와서 보니 그랬다. 상자에서 느껴지는 움직임과 더불어 사료, 개집, 장난감 등등.

누나의 남자친구가 군대 가기 전 선물한 것이라고 한다. 나는 여태 키워 본 적이 없는 경험해 보지 못한 '개를 키운다는 것'에 대한 기대감과 개를 싫어하시는 아버지가 어떻게 대처하실지에 대한 궁금증으로 가득 찼다.

강아지의 훈련

누나가 부모님께 한 약속은 '훈련과 배변과 산책을 모두 내가 책임지겠다'였다. 하지만 이 약속은 곧 깨지고 말았다. 누나는 '앉아' 와 '배변훈련' 만을 시키고는 취업을 해버려 어머니와 내가 배변과 산책을 담당하게 되었다.

원체 똑똑한 강아지라 그런가. 자신에게 잘 대해 주는 나와 누나에게는 장난을 치고 애교도 부리지만, 아버지 앞에 서면 조용해진다. 자신의 목숨이 저분에게 달렸다고 생각한 탓일까? 아무튼 손을 올리는 것까지 훈련을 시키며, 적어도 남들 앞에서 자랑할 만큼의 수준이 되었다.

중성화 수술

주말에 누나가 개를 데리고 나갔다. 나는 미용이나 시키겠지 하며 텔레비전을 보고 있었는데 누나가 개를 들고 오자 깜짝 놀랐다. 내려놓자마자 쓰러진 것이다.

나는 깜짝 놀라 이유를 물었고 누나는 중성화 수술을 시켰다고 하였다. 개를 다시 천천히 살펴보니 배 부분이 소독되어 있었고, 머리에는 수술한 부분을 핥지 못하게 깔때기를 씌어 두었다. 눈앞이 캄캄했다.

키우는 데 수월하고 개를 위해서라지만 이건 정말 너무했다. 개를 동정하니 누나는 자신도 어쩔 수 없었다며 화를 낸다. 일주일 동안 깔때기를 쓰고 있는 개에게 무한히 미안한 감정을 느꼈다. 그 아이도 생명일진데…….

개의 여러 행동들

개를 키우며 가장 놀랐던 것은 개의 여러 행동들이다. 밥을 주려 하면 흥분하고, 밥을 먹고는 트림을 하고 놀아달라고 보챈다. 화를 내면 도망가고 간식에 이족 보행까지 한다. 인간적인 면모를 개에게서 느꼈다.

어느 날 갑자기 들이닥친 강아지가 우리 집에 없어서는 안 될 존재가 되어 버렸다. 처음에는 사건 사고도 많았으나 어느새인가 없으면 허전한 존재가 되어버린 것이다.

우리 가족의 마음에 따뜻함이라는 감정을 품게 해준 이 작은 존재는 적막한 환경을 활발함으로 채워주었다. 처음에 질색하시던 부모님도 이제는 종종 개를 보며 미소지으신다. 개를 키우며 같이 자고 먹으니 개를 끝까지 책임져야겠다는 책임감과 더불어 그 작은 존재도 우리와 마찬가지로 생명을 지니고 있구나 하는 경이로움이 생겨났다. 나를 이렇듯 성숙시키고 집안에 웃음까지 선사하니 복덩이가 바로 여기 있는 듯하다.

생명

_ 남중일

　오늘도 어김없이 난 집을 나섰다. 장마철이라 그런지 새벽에 많은 비가 세상을 적셨다. 매일 보는 나무, 매일 보는 거리, 매일 보는 풍경 항상 똑같지만 감흥은 매 순간마다 새롭다. 하루는 비에 촉촉이 적셔져 반짝반짝 빛나는 풀잎들이 또 하루는 쨍쨍한 햇볕에 질렸는지 바싹바싹 말라 있는 풀잎들로 보인다. 뿐만 아니라 주변 사람들의 표정을 보면 슬픔에 젖어 있는 사람들, 복이 퍼져나오는 듯한 사람들. 매우 다양하다.

　오늘 따라 추운 겨울 날씨가 강하게 느껴진다. 아른아른 나의 시야를 가리는 자욱한 안개들, 손을 휘저으면 손에 닿을 것만 같다. 나의 얼굴을 스치는 촉촉한 기운들. 크게 숨을 들이쉬니 속이 깨끗이 씻겨나가는 듯 내 몸속을 상쾌하게 만들어 준다.

이렇게 자연과 어울려 상쾌함을 느낄 때면 문득 '내가 살아 있구나!' 라는 것을 느낄 때가 있다. 그에 반해 '만약 내가 지금 죽는다면…….' 이런 생각을 할 때도 있다. 비록 사소한 일이지만 작은 경험에서 비롯된 작은 즐거움을 찾을 수 있어 하루하루의 삶이 즐거운 사람이 있는 반면 하루하루 견디기 힘든 고통의 삶을 살아가고 있는 사람들도 있다.

그러나 이 모든 사람들은 살아 있기 때문에 행복과 기쁨, 힘듦과 슬픔을 느낄 수 있다. 또 행복이 있으니 슬픔도 있고 슬픔이 있으니 행복도 있다는 것을 알고 있다. 이렇게 우리는 몸소 '살아 있음' 을 느낀다.

항상 모든 일에 의지를 가지고 힘든 삶에서도 작은 기쁨을 찾아낼 수 있도록 하루하루를 열심히 살아가자.

겨울나무

_ 백민기

이 사진은 김천 황악산에 가서 내가 직접 찍은 사진이다. 며칠 전 김천에 사는 삼촌 안부도 물을 겸 겸사겸사 가서 밥이나 한 끼 먹으러 놀러 갔었다. 가는 길에 김천의 풍경이 눈앞에 펼쳐졌다. 그 전날 김천에 눈이 많이 와서 나무와 눈이 함께 어우러져 아름다운 풍경을 만든 것이다. 난 이렇게 마치 눈으로 옷을 입은 것 같은 나무를 볼 수 있는 겨울을 좋아한다. 아니 어쩌면 하얀 옷을 입은 나무를 좋아한다는 말이 더 맞을지도 모른다. 그만큼 난 나무를 좋아한다.

어렸을 때 자연을 굉장히 좋아하셨던 선생님 한 분이 계셨다. 자연을 얼마나 좋아하셨냐면 출근하실 땐 늘 개량 한복을 입고 오시고 한 달에 한 번은 학교에서 키우려고 화초를 가져 오시기도 했다. 분수대 근처에 꽃을 꺾는 아이들을 야단치신 적도 있었다. 그러던 어느 날 체육시간 때 우리 반 두 친구가 나무에 붙은 개미를 죽인다며 나무에 침을 찍 뱉고 발로 차는 등 나무에 몹쓸 짓을 많이 하고 있었다. 이를 발견한 선생님은 벌을 세우며 두 친구한테 부드럽게 말씀하셨다.

"나무는 우리의 쉼터란다. 더울 때는 시원한 그늘이 되어주고 비나 눈이 내릴 땐 커다란 우산이 되어주기도 한단다. 그런 쉼터를 너희들이 괴롭히면 안 되겠지?"

정말 가슴에 와 닿는 말이었다. 실제로 예전에 길 가다가 비가 와서 어찌할 바 몰랐던 적이 있었다. 우산은 없고 집은 멀고 그래서 엄마가 일단 비를 피하자며 나무 밑에서 비가 그치기를 기다렸다. 그때 우산이 되어준 나무가 얼마나 고맙던지 그때부터 나무를 좋아하게 되었다.

우리는 태어난 곳이 제각각 다르지만 성장과정은 크게 다르지 않다. 손바닥만큼 작은 아기에서 교복을 입는 학생이 되고 결혼도 하고 아이도 낳으며 행복하게 사는 경우가 대부분일 것이다. 나무도 인간과 다를 것 없다. 조그마한 싹에서 물과 햇빛이라는 관심을 받고 무럭무럭 자라 솔방울이나 과일 같은 열매도 맺고 가지로 자식들도 만든다. 그리고 이 둘은 서로 도와주며 공생관계를 이루기도 한다. 인간은 나무에게 물을 주고 춥지 말라고 짚으로 옷도 만들어 보호해 준다. 나무는 인간에게 숨 쉴 수 있게 이산화탄소를 흡수하고 산소를 공급해 준다. 또 과일이나 약재 같은 먹을거리도 제공해 주고 종이, 의자, 책상 등을 만들 수 있는 목재도 제공해 준다. 서로 돕고 돕는 삶이 얼마나 아름다운가?

고등학생이 된 지금도 난 나무를 좋아한다. 작은 씨앗을 흙에 심고 물과 햇빛만 비춰줘도 하나의 생명이 태어난다. 하지만 지금은 그 생명들이 인간에 의해 짓밟히고 있다. 무심코 사용하는 스프레이, 편안함을 위해 타고 다니는 자동차의 온실가스, 무분별한 삼림 파괴, 시원하게 또는 따뜻하게 보내려고 사용해서 배출되는 많은 이산화탄소 등 인간은 서로에게 도움이 되는 나무를 그들의 이익을 위해 훼손하고 파괴하고 있다. 이대로 간다면 나무들은 버젓이 살아남기 힘들 것이고 내가 이때까지 보았던 풍경들은 아이들이 보지 못 할 것이다.

나무의 울부짖음을 듣고 사람들이 한번 생각해 봤으면 좋겠다.

빈 화분

_ 안진영

　어머니께서는 식물을 가꾸는 것을 좋아하신다. 그래서 집에는 화분이 꽤 많았다. 그런데 어느 날 어머니께서 물에서 키우고 있던 행운목 하나를 버리려고 하셨다. 이유를 여쭈어 보니 행운목이 자라지는 않고 자꾸 잎만 누렇게 변해갔기 때문이었다. 버려지는 그 모습을 보니 마음이 좋지 않았다. 집에 있던 식물 중 애착이 많이 갔던 식물이기 때문이다. 그래서 이왕 버릴 거면 내가 방에서 키우게 해달라고 말씀드렸다. 그때부터 행운목 키우기는 시작되었다. 우선 새로운 화분에 물을 담아 행운목을 넣었다. 그리고 누렇게 변한 잎들부터 제거했다. 거의 모든 잎이 버려졌고 가지 부분만 남게 되었다.

　나는 그 앙상해진 가지가 푸른 잎들을 쏟아내어 다시 파릇파릇하고 풍성한 본래의 모습으로 돌아가기를 바랐다. 그러면서 물도 갈아주고 애정을 쏟은 결과 거짓말처럼 새파란 어린잎들이 올라와 나중에는 잎이 크고 무성하게 자라났다. 나의 기대대로 자라주어서 고맙기도 했고 어머니께서 버리려고 하셨던 식물을 내가 다시 살렸다는 기쁨도 컸다.

하지만 그 기쁨과 뿌듯함도 그리 오래가진 못했다. 겨울이 되자 잎이 또다시 처음처럼 누렇게 변하고 잎도 시들해져갔다. 봄이 오면 다시 괜찮아지겠지 했는데 봄이 되어도 나아지지 않았고 결국 버리게 되었다. 하지만 이번 일을 계기로 한 가지 깨달은 것은 식물도 애정과 관심을 가져주면 그것을 인식한다는 것이었다.

보통은 사람이 아닌 것들에는 생명이라는 자각을 잘하지 못하고 산다. 나 또한 식물이 자라는 것을 보면서 생명이 있음을 느꼈지만 가만히 놓아두었을 때는 다양한 물건인 양 생각하지 못했다. 정성을 쏟았던 한 생명을 통해 생명에 좀 더 깊은 관심과 애정을 가지게 되었다.

요즘은 동식물에 대한 사랑보다 사람들 사이의 관심과 애정이 사라져가는 것 같아 안타깝다. 요즘처럼 사람의 생명이 위협받은 적이 있었는지 모르겠다. 매일 뉴스에서 성폭행, 자살, 살인 같은 것들이 보도되는 것을 보니…….

하지만 더 무서운 것은 자기 주변의 사람이 아니면 이런 소식을 접해도 서럽게 울거나 슬퍼하는 사람은 보기가 힘들다는 것이다. 자기 주변의 사람이 아니면 알 바가 아니라는 생각 때문에 인간 생명의 가치는 점점 추락하고 있다.

화분 하나를 키우고 또 그것이 자라는 것을 보면서 생명의 존엄성과 소중함에 대해 생각해 보게 되어 무척 뜻깊었다.

바람, 햇살, 물결 그리고 별

_ 김병주

무척이나 어렸을 때의 이야기이다.

언제나 그랬듯 집 앞에 주차되어 있던 아버지의 차를 타면 놀러간다는 생각
에 그저 설레고 가슴을 간질이는 긴장감이 있었다. 목적지를 모른 채 그저 아버
지께서 운전하시는 자동차에 몸을 실은 채 창밖을 보다 잠이 들기를 몇 번 반복
하고 나니 포항 변두리 청하라는 곳에 위치해 있는 할아버지댁에 도착했다.

흔히 말하는 언덕 위의 작은 집, 아담하지만 소박하고 따뜻한 느낌을 주는
그런 할아버지 댁은 마치 외국에 잠시 휴가를 온 것 같은 느낌을 줄 때도 있다.
항상 습관처럼 할아버지 댁에 도착하면 주위 마을 이웃 할아버지 할머니들이
잘 계시는지 시골길을 따라 걷고 그곳을 지나면서 졸졸 흐르는 시냇물에서 동
네아이들과 놀기도 했다.

차가운 시냇물은 한여름 땀을 식혀주는 고마운 친구이기도 하고 마을주민 할머니들의 빨래터가 되어 수다 떠는 곳이 되기도 하여 하루도 조용한 날이 없는 그런 활기찬 곳이다.

계곡을 지나면 넓은 들에 할아버지 논, 밭이 있고 그 앞엔 큰 저수지, 뒤엔 커다란 산, 그야말로 배산임수(背山臨水)다. 할아버지의 논, 밭 옆 잔디가 자라 있는 들판에 누워 있으면 바람이 솔솔 불고 따뜻한 햇살이 비춰 딱 누워서 자고 싶어졌다. 나는 그곳에서 하늘을 바라보며 잠이 들었고 깨었을 때는 노을 지고 있는 저녁이었다. 할아버지 댁에서 강아지 '마루'를 데리고 다시 그곳으로 가서 또 누웠다. 노을이 지고 난 자리에는 짙은 어둠이 깔렸고, 시골이라 그런지 딸기에 있는 씨처럼 하늘에는 빼곡하게 별이 있었다. 나는 도시에서 사느라 하늘조차 볼 기회가 많지 않았는데 밤하늘은 무척이나 아름다웠다.

예전부터 희로애락을 같이하면서 사람들과 함께 공존해 온 자연으로부터 얻는 즐거움이 점차 사라져가고 요즘은 컴퓨터와 스마트폰이라는 전자기기의 즐거움과 편의성에 젖어간다. 자연물로부터 오는 즐거움을 잊은 지 오래된 지금, 한가한 주말에 가족들과 함께 집 주위 강가라도 걸으며 시간을 보내고 그로부터 즐거움을 얻을 수 있었으면 좋겠다.

우유곽

_ 한제윤

우리 학교에서 매일 아침마다 우유를 마신다. 입맛도 없는 아침에, 그것도 아주 차가운 우유를 마시기란 전혀 달갑지 않다. 그러던 어느 날 나는 먹기 싫어 우유곽을 뱅뱅 돌리며 먹을지 말지 고민에 빠졌었다.

그런데 보는 각도에 따라 우유곽에 그려진 모습이 달랐다. 그때 '생명'이라는 글귀가 떠올랐다. 우유곽을 생명으로 비유하자니 생명도 이 우유곽처럼 관점에 따라 모습과 가치가 달라 보였다.

나는 옛날부터 영화에서 사람이 죽는 장면을 봤다. 그런데 여기서 이상한 사실이 있다. 주인공과 관계가 깊은 사람들이 죽으면 안타까워하고 슬퍼하는 이들이 많다. 그런데 혹시 엑스트라나 적들이 죽는 모습에서 약간의 동정심을 느껴본 적이 있는가? 대부분의 사람들은 동정심은커녕 더욱 영화에 흥분되어 몰

입하고 재미를 느낄 것이다. 단지 영화를 보는 우리들이 관점을 주인공에 맞추었다는 사실 하나에 생명의 가치는 이리도 달리 느껴지는 것이다.

또 과연 사람들에게만 생명의 가치가 있을까? 당연히 동물이나 식물들, 심지어 벌레들까지도, 그 어떤 작은 생명들에게도 가치는 있다. 단지 우리가 그것을 보지 못할 뿐이다.

대부분의 사람들은 벌레들을 보기만 해도 징그럽다는 이유로 죽인다. 말없이 그저 죽인다. 징그럽다는 이유는 그 소중한 생명을 가진 벌레들에게 합리적으로 받아들여질까?

'동물농장', '주주클럽' 같은 동물에 관한 방송 프로그램을 보면 야생동물들이 밀렵당하는 현장을 볼 수 있다. 방송에서 그 정도라면 실제로는 더 심하다는 것이다. 이 밀렵꾼들은 관점을 자기들만의 이익에 두어 야생동물들의 생명의 가치는 전혀 생각도 하지 않는다.

나는 사람들이 생명의 가치를 못 느낀다는 것을 죄라고는 생각하지 않는다. 왜냐하면 사람은 자신이 보는 것을 믿기 때문이다. 그래서 사람은 쉽게 변할 수 없다. 나도 사람이니 마찬가지이다. 하지만 남들이 잘못됐다고 계속해서 알려주고 자신도 잘못되었다는 것을 알면서도 고치지 않는 것은 잘못이다. 예를 들어 법으로 밀렵행위는 잘못되어 금지했지만 몰래 숨어서 뉘우치지 않고 밀렵을 계속하는 밀렵꾼들, 그리고 살생을 나쁜 것이라 어릴 때부터 배워 왔지만 충동에 이기지 못해 살인을 저지르는 살인자들은 생명의 가치를 느끼지 못하는 사람들이다.

우리 모두 생명에 대한 관점을 바꾸어 좋은 면만 보도록 하자. 그러면 그 생명의 가치를 알게 됨으로써 생명은 무엇 하나 소중하지 않은 것이 없다는 것을 알게 될 것이다.

개미

_ 장현호

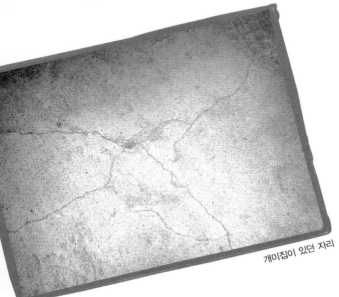

개미집이 있던 자리

우리 집 현관으로 오는 길목에는 조그마한 개미집이 하나 있었다. 바깥에 쓰레기를 버려 놓으면 그 작디작은 개미들이 하나둘 무리를 이뤄서 쓰레기 봉지 속으로 들어가곤 했다. 어릴 때의 나는 그들에게 험한 장난을 치곤 했다. 개미집에 물을 붓거나 하는 류의 장난 말이다. 그럴 때마다 재미있어 웃곤 했지만, 지금 와 생각해 보니 내가 왜 그랬나 싶고 가끔은 개미들한테 미안해지기도 한다.

여름만 되면 개미들이 더 극성이었는데, 한번은 우유에 타먹는 초코스틱을 흩뿌려 놓았던 적이 있다. 그러고 나서 한 시간쯤 지났을까, 밖에 나갔던 나는 현관 통로가 온통 개미들 투성이가 되어있는 것을 보고 식겁했던 적이 있다.

개미들은 정말 살아남으려는 본능이 큰 것 같다. 밖에 무심코 버려 놓은 컵라면 그릇을 보면 걸쳐진 나무젓가락을 타고 올라가 컵라면 그릇을 샅샅이 뒤지는 그들의 모습이 마치 전쟁터에서 상대 군인들이 살아 있는지 확인해 보는 군인들의 모습 같았다. 개미들은 항상 쉬지 않고 먹을 것을 찾아다니는데, 그런 모습에서 개미들의 생존 본능을 확인할 수 있다.

또 개미들에게선 질서정연한 모습도 볼 수 있다. 개미들이 식량을 찾고 나서 돌아오는 모습을 보면 마치 군인들이 열을 맞춰 행군하는 것처럼, 줄을 딱딱 맞춰 착착 걸어간다. 개미들의 철저함은 그들의 집 구조에서도 볼 수 있다. 개미집을 찬찬히 살펴보면, 각 방들이 사용 용도에 따라 철저히 분리되어 있는 것을 알 수 있다. 식량을 저장하는 창고라든지, 개미알들을 보관하는 방이라든지 등 아주 세세하게 분리되어 있는 것이다.

사실 개미들을 보면 마치 사람들을 보는 것 같은 느낌이 든다. 개미들이 매일같이 똑같은 일을 하는 모습을 보면서, 사람들이, 특히 직장인들이 매일 같은 길을 따라 회사에 가서 상사에게 치이고 매일 같은 업무를 하는 모습이 느껴진다. 개미들의 부지런함과 사람들의 부지런함에는 그 행위가 능동적이냐 수동적이냐의 차이는 있겠지만, 유사한 느낌을 불러일으킨다.

개미들의 이런 면에서 배울 것이 상당히 많은 것 같다. 혹자들은 저런 작디작은 생물에게 배울 것이 무엇이 있냐고 할지 모르지만 개미들의 협동심, 부지런함은 배움직하다고 나는 생각한다.

웬일인지 요즘은 현관 앞 통로의 개미집에서 개미들을 볼 수가 없다. 어머니께서 쳐 놓으신 살충제 때문일까. 어린 시절 나의 좋은 관찰 대상이었던 그 작고 까만 친구들이 괜스레 보고 싶어지는 가을날이다.

낡은 단풍 하나

_ 한좌현

학교를 마치고 집으로 오던 중, 비가 많이 내려 나무에 있던 잎들이 떨어져 있는 것을 보았다. 그리고 나무에 매달린 새잎들도 보았다. 문득 이런 느낌이 들었다. 똑같은 시련을 겪어도 버티는 자와 그것을 버티지 못하는 자의 모습. 모두 같은 나무에서 시작하여 같은 햇살과 바람 그리고 공기를 마시며 일상을 즐겼을 것이다. 계절이 지나면 그들이 옷의 색을 바꾸듯 사람도 시기에 따라 옷을 바꾸니 별반 다를 게 없었다.

하지만 시련 앞에서는 누구나 똑같을 수 없었다. 험한 날씨는 많은 생명을 해치고 고난에 빠지게 한다. 비바람이 몰아쳐 그 힘을 이기지 못하고 떨어지는데, 그 모습 얼마나 초라한가. 사람도 이와 같이 동일한 시련에 참지 못하는 자, 참는 자가 나눠진다. 결국 고생을 참지 못하면 낙엽처럼 떨어져 누군가에게 밟

히거나 잊혀지게 될 것이다. 가을이 되면 우리는 땅의 낙엽을 보는가, 나무 위의 아리따운 잎을 보는가.

이 작은 생명조차 자신의 시련과 고난 앞에 당당히 맞선다. 이기고 나면 반드시 행복해질 것임을 믿으며 새파란 나뭇잎을 보며 길을 걷는다.

생명
_ 홍정호

여태껏 나는 생명이라는 단어에 대해 진지하게 생각해 보지 않았다. 글을 쓰고자 진지한 마음으로 바라보니 이 단어가 새롭게 느껴진다. '생명'의 제대로 된 뜻을 알고 싶어서 사전을 검색해 보니 '사람이 살아서 숨 쉬고 활동할 수 있게 하는 힘'이라고 한다. 꽃봉오리에서 꽃이 피어나는 것도, 우리 인간의 생명도, 그 자체로 정말 아름답고 귀한 것이다.

또 한편으로는 참 생명이 허무한 것 같다는 생각도 든다. 제 아무리 많은 것을 가졌다 한들 죽고 나면 끝이 아닌가? 내가 죽기 전 그 죽음의 맛(?)을 느낄 순 있을까? 어느 책에서 보니 사람들은 죽음이 가까웠을 때 비로소 생명의 소중함을 느낀다고 하였다. 당연한 말인 것 같다. 나도 초등학교 때 무단횡단을 해서 교통사고로 죽을 뻔한 적이 있었다. 그때만 생각하면 지금도 아찔하다. 어린나이에 살아 있음에 대해 소중함을 깨닫고 부모님께 감사하다고 말했던 것이 기억난다. 가끔씩 TV 채널을 돌려보면 아프리카 난민들이 못 먹어서 혹은 썩은 물을 먹고서 생명을 잃거나 간단히 치료하면 되는 병을 손쓰지 못하고 죽는 것을 볼 수 있다. 그에 비하면 나는 얼마나 감사한 환경 속에 있는가. 또 한 번 나에게 생명 주신 부모님께 감사했다. 그리고 이 귀한 생명으로 사회에 도움이 되도록 살겠다는 다짐도 하게 되었다.

그런데 요즘 학생들의 자살 뉴스가 부쩍 늘고 있다. 대구에서만 올해 9명이 자살했다고 한다. 물론 학교폭력을 당하면 진짜 괴롭고 힘들 것이다. 그러나 자살만이 최선의 방법일까? 그들은 부모님이 주신 귀한 생명의 소중함을 모르는 걸까? 물론 버티지 못할 정도로 너무 괴로워서 자살을 선택했겠지만 그것으로 인해 평생을 힘들어하면서 죽지 못해 살아갈 주위 가족들 특히 부모님의 아픔은 생각지도 않는 걸까? 참 안타깝다. 좀 더 신중했으면 좋겠다. 괴롭고 힘든 일이 있으면 '그냥 죽자'라는 생각보다 나를 그 누구보다도 이해해 주실 부모님에게 가서 진지하게 상담을 하여 풀어 나갔으면 좋겠고 꼭 생명의 소중함을 알게 됐으면 좋겠다.

나 역시도 힘들 땐 '그냥 죽을까?'라는 생각을 한 적이 있었다. 하지만 이젠 그런 생각을 하지 않는다. 이 글을 쓰면서 그동안 몰랐던 생명의 소중함도 깨달았고 나 자신에게 많이 진지해진 것 같다. 이 글을 읽은 독자도 다시 한 번 자기 생명과 삶에 대해 깊게 생각을 해보았으면 좋겠다.

제5부

열일곱,
추억의 책장을
넘기며

목차

바다
김현무

잊었던 것들
김민수

쑥스러움을 극복하자
이신명

야구
안진영

모래성
신재철

그때 걸었던 그 길
김병주

스트레스를 풀어준 소릿길
장현호

외할아버지
이문석

추억 속의 동굴
이동광

어려운 이웃에 감사하자
이동우

시간의 이유 있는 달리기
이재훈

삼거리의 신호등
장재용

바다

_ 김현무

　포항의 이름 없는 바닷가를 찾았다. 좋은 자리를 차지해야 한다는 생각에 이른 아침 짐을 싸서 고속도로를 달렸다. 이른 기상 때문일까. 햇살 비치는 창가에 얼굴을 기대고는 잠이 들었다. 대형트럭이 옆을 지나간다. 비슷한 속도로 같이 도로를 달린다. 그늘이 창가의 햇살을 막는다. 트럭이 지나가자 다시 햇살이 창문너머 나의 얼굴을 비춘다. 이내 또 다른 차가 햇살을 막는다. 그 후에도 반복된다. 가끔씩 드는 선선한 그늘. 하지만, 그보다 좋은 햇살.

　목적지에 다다르자 스스로 눈을 떴다. 옆에는 바닷가가 수평선을 이루고 있었다. 푸르른 바닷가. 그 안에는 바위와 섬이 서 있다. 거대한 선박과 어선들도 수평선 뒤에서 그들만의 길을 나아간다. 파도는 여느 때와 다름없이 바람을 타고 자갈과 모래를 쳐낸다. 그것의 소리는 들리지 않지만, 파도는 창문을 관통한다. 내가 소리를 만들어내는 것이겠지만, 나의 소리는 파도의 소리와 다르지 않을 것이다. 문을 열면 나의 소리는 끊기지 않고 연결될 것이다. 차는 멈춰 섰고, 나의 소리는 연결되었다. 누군가가 깨우지 않고 스스로 눈을 뜨며 맞이한 포항의 바닷가는 깔끔하고 맑았다. 스스로 일어난 개운함은 스스로 일어난 자만이 알 것이다. 잠에 빠지면서도 목적지에 다다르면 스스로 눈을 뜨게 되는 이유는 무엇일까. 생전 처음 와보는 포항의 이름 없는 한 바닷가에서 반가움의 눈이 트이는 이유가…….

파도의 소리는 맑았다. 어쩌면 내가 생각했던 소리와 연결된 것이 아니라 더 극대화된 것일 수도 있다. 짐을 하나씩 들고는 좋은 자리를 향해 걸었다. 일찍 일어난 이유. 좋은 자리를 위해 우리는 일찍 출발했다. 사람들이 많지는 않았다. 대부분 전날밤부터 텐트를 치고 잠을 자고 있는 사람들이었다. 당일로는 가장 먼저 온 여행객일 수도 있다. 나무로 된 정자가 있다. 그 위에 돗자리를 펴고 짐을 내렸다. 정자에서 쉬기 위해 이른 아침부터 집을 떠난 것이다. 짐을 다 나르고는 오두막 너머를 바라보았다. 울타리 너머에는 바다가 걸려 있고, 바다 너머엔 어선들이 즐비해 있었고, 어선들의 울타리 너머엔 하늘이 구름을 안고 있었다. 하나하나가 그림이라. 햇살에 비치는 바다는 그 어떤 것보다도 맑고 아름답고 밝았다. 해를 받아들인 바다의 한 부분은 그렇게 빛났다.

바다에 뛰어드는 걸 싫어하는 터라 그저 파도소리를 들으며 잠에 빠지는 것 말곤 할 것이 없었다. 가끔은 바다에서 물장구를 치며 놀기도 했지만……. 물론 누군가가 강압적으로 바다에 집어넣는다면, 순간은 싫어하겠지만 이내 누구보다 즐겁게 놀 것이리라. 물에 들어가는 것을 싫어하는 것일까. 아니면 나와 함께 놀고 싶다는 누군가의 의사표시를 보고 싶은 것일까.

팔을 베개 삼아 눕자 정자의 천장이 보였다. 뭔가 시원치 않다. 가족들과 친척들은 옆에서 고기를 구워먹고, 바닷가에서 물장구를 치고 있다. 나는 파도의 소리를, 사람들이 물장구를 치고 있는 소리를 들으며 잠을 청한다. 하지만 잠이 쉽사리 오지 않는다. 이내 나는 돗자리 하나를 들고는 정자에서 내려와 풀밭에 깔고 눕는다. 이제 상쾌하다. 뭔가 시원찮던 마음속 응어리가 바람 따라 사라졌다. 정자에는 아무도 없다. 짐만 덩그러니 놓여 있을 뿐이다. 우리가 아침 일찍부터 차지하고자했던 좋은 자리. 묻고 싶다. 과연 이 좋은 하늘과 구름을 막아버린 천장을 가진 이 좋은 자리가 정말 좋은 자리냐고. 하늘과 구름과 햇살을 막은 이 정자가 과연 좋은 자리인가 하고……. 나뭇가지에 걸터앉은 바람과 햇살은 그 어떤 것보다 따뜻했다. 잠은 바람을 타고 온 햇살과 함께 찾아왔다. 눈 감은 어둠이 파도소리와 함께 푸른빛으로 변했다.

눈을 뜨자, 제일 먼저 들린 것은 파도소리였다. 파도소리는 내가 잠을 자는 꿈속에서도 출렁였다. 울퉁불퉁한 잔디밭에 허리가 찌뿌둥하긴 했지만, 상쾌했다. 나뭇가지가 뻗어내는 날카로운 햇살이 따뜻했다. 몇 분을 그렇게 앉아 있었다. 정자와는 다르게 잔디밭에서 바라본 울타리 너머에는 하늘만이 보였다. 마치 절벽처럼……. 하지만 파도는 여전히 출렁였고, 사람들의 소리가 들렸다. 옆의 한 사람은 모자를 눌러 쓴 채 잠에 들었다. 하늘과 햇빛을 거부한 채, 스스로의 잠에 빠져들었다. 그가 느끼고 있는 잠은 어떠할까. 잠들기 전보다는 확연히 많은 사람들이 찾아온 듯했다. 꽤 많은 시간을 잠든 것 같다. 따스한 햇살과 선선한 바람은 다시 나의 단잠을 권했다. 나뭇가지 아래는 덥지만, 동시에 따뜻했다.

시간이 흐를수록 사람들은 하나둘씩 떠나가고, 해질녘이 되자 사람들은 거의 사라지고 바다에는 그들의 발자취와 그들의 흔적인 쓰레기가 나뒹굴고 있을 뿐이었다. 날이 저물어간다. 이제 해는 바다가 아닌 구름을 밝힌다. 석양에 벌겋게 물든 하늘과 구름은 아름답고도 쓸쓸해 보였다. 하나둘 옆 건물들의 노란 불이 켜지고, 벌겋게 물든 하늘은 이내 어두워진다. 휴일의 여명을 맞은 사람들은 이제 다음날을 위해 이 달콤한 휴식을 잠시 동안 접어둔다. 일요일 후엔 월요일이 온다. 그리고 월요일 뒤엔 화요일이고 화요일 뒤엔 수요일이 올 것이다. 누군가는 일을 할 것이고, 공부를 할 것이다. 수많은 고생과 힘겨움 속에서 살아가며 작은 휴식을 그린다. 힘겨운 평일동안의 전쟁에서 벗어난 이틀가량의 주말은 지친 심신을 말끔히 회복시켜준다. 하루 동안 이렇게 마음을 놓아두고 맞이하는 휴식은 얼마나 달콤한가. 다음에도 오리라는 기분 좋은 다짐은 얼마나 희망찬가. 사람들은 미소를 지은 채 각자의 차량에 탑승한다. 하지만 이것만은 확신한다. 파도소리는 끊기지 않을 것이라고.

어두워지자 가족들과 친척들도 트렁크에 짐을 싣기 시작했다. 나는 울타리 너머 있는 바다를 향해 울타리를 넘어갔다. 울타리를 넘어 계단을 내려가자 파도가 더 강렬히 모래를 쳐댔다. 파도

소리도 함께 커져갔다. 바다에 들어가지 못함이 이내 아쉬워진 건지 젖은 모래 앞에 쭈그리고 앉아 손을 모래에 파묻었다. 잔잔히 밀려오는 파도가 가끔씩 큰 파동을 내며 밀려왔다. 모래는 내 손을 크게 적셨다. 차가웠지만 뼛속까지 시원해졌다. 모래를 때리는 파도의 소리가 이토록 좋을 수가 없었다. 아무 생각 없이 끝없이 펼쳐진 바다를 바라보고 있었다. 바람을 타고 모래를 먹어치우는 그들의 식성에 온 몸이 개운해진 기분이다.

출렁이는 파도를 뒤로하고 차량에 탑승했다. 파도소리는 문을 닫자 다소 잠잠해졌다. 사실 잠잠해진 것이 아니라, 내가 만들어내는 것이겠지. 벌써 어두워졌다. 수평선 위엔 별이 즐비해 있다. 바다는 어두운데, 하늘은 밝다. 그리고 바다 너머 경계에도 빛이 나고 있었다. 낮과 확연히 달라진 이 바다경치는 또 다른 감흥이었다. 해를 받아들인 바다는 어둠을 받아들여 자취를 감췄고, 별은 일

어나 하늘을 밝힌다. 하늘이 바다가 된 것처럼 별의 빛을 하늘은 받아들인다. 저 너머 있는 별의 빛을…….

자동차를 타고 몇 분간 지나갔음에도 바다는 끊이지 않았다. 그리고 펼쳐진 노란 불빛은 보이지 않지만 끊임없는 바닷길을 비추고 있었다. 빛으로 인해 바다는 이어지고 있었다. 가족들의 말을 들어보면 저 곳이 바로 포항의 제철소, 포스코란다. 바다는 자취를 감추고 하늘은 어두워졌건만, 땅 위의 건물은 더 밝은 불빛을 밝힌다. 불빛이 수평선 경계에 맞물려 마치 별로 보이는 듯했다. 바다와 주변을 밝히는 불빛은 밝았다. 하지만 하늘을 밝히는 별은 그 이상으로 빛났다. 밝은 불빛이 모여 있는 화려한 건물들이 아니라 멀리 떨어져 서로를 밝히는 별들을 바라보게 되는 것은 무엇 때문일까. 무한한 바다를 숲들이 막아섰다. 창문에 붙은 별을 베개 삼아 또 다시 잠에 든다. 적막함이 차 안에 물들었다.

잊었던 것들

_ 김민수

　어렸을 때 우리 집에는 여느 가정과 마찬가지로 컴퓨터가 하나였다. 그래서
이 컴퓨터를 가지고 항상 누나들과 싸웠다. 특히 작은 누나와 많이 싸웠던 것
같다. 나는 항상 컴퓨터 시간을 어겼고 그런 내 행동을 못마땅하게 여긴 누나
가 그럴 때마다 나를 때렸다. 어린 마음에 '내가 안 한다고 자기가 할 것도 아니
면서…….'라며 원망을 했다. 항상 내가 잘못을 했지만 그땐 그것을 몰랐다.

　어느덧 시간이 흘러 누나는 대학생이 되고 나는 고등학생이 되면서 서로 얼
굴도 잘 못 보게 되고 학교 공부에 바빠 내가 컴퓨터를 하는 횟수가 줄면서 점
점 싸움이 없어지게 되었다. 그렇게 누나도 나도 그때의 컴퓨터도, 모두 바뀌고
말았다.

　가끔은 이런 생각이 든다. 겨우 6~7년 밖에 지나지 않은 일도 잘 기억이 나

지 않는데, 이렇게 생각해 내려 애써야 겨우 생각나는데, 30~40년 후에는 이런 기억을 내가 꺼내 볼 수 있을까? 이런 사소한 기억 조각조각들을 끼워 맞출 수 있을까? 사람은 추억을 가지고 살아가는 존재라는 말처럼 추억이 없는 사람은 우울해질 수밖에 없다. 이런 안 좋은 추억이라도 가질 수 있다면 감사한 것이다. 그렇다면 우리는 추억을 만들면서 살아가야 하는 게 아닐까? 그래야 누군가와 만났을 때 혹은 누군가와 추억의 장소에 갔을 때 "야, 그때는 말이지." 라며 말을 할 수 있지 않을까.

요즘 유행하는 드라마 중에 '응답하라 1997'이라는 것이 있다. 나는 그 시대 사람이 아니지만 큰누나 등 다른 사람들은 추억에 잠겨 있다. 그 드라마를 매개로 그때 그 시절을 생각하고 그리워한다. 그 드라마에는 사람들을 추억에 빠지게 하는 요소요소가 있다.

이미 지나가서 다시는 돌아오지 않지만 사람들에게는 저마다 기억 속에 찍힌 어떤 장면이 있을 것이다. 이참에 우리 자신이 잊고 있었던 기억을 꺼내보는 것은 어떨까? 그러곤 이렇게 말하는 것이다.

"추억, 추억이라. 이야! 오랜만에 그때 그 사람들 한 번 보고 싶은데?"

쑥스러움을 극복하자

_ 이신명

　몇 달 전 나는 오디션을 보았다. 내 생애 처음으로 심사위원들 앞에 서보는 오디션이었다. 그 전에도 한두 번 정도 오디션을 보기 위해 신청은 했지만 쑥스러움을 끝내 이기지 못하고 주저앉고 말았었다. 이번에는 경험을 쌓자 단단히 마음먹고 신청하였다.

　오디션 당일, 1시간 전부터 가서 가사를 외우고 목도 풀었다. 2시간 정도 있다 보니 차례가 왔다. 들어가 보니 앞 사람이 노래를 하고 있고 심사위원 세 분이 앉아 있었다. 분위기가 무척 엄숙하여 나까지 긴장이 됐다. 5분여의 시간이 지나니 내 차례가 왔다. 역시 난 쑥스러움 때문에 바짝 긴장을 했다. 노래를 시작했지만 가사도 기억이 안 나고 음도 안 맞고 내 목소리조차 귀에 들어오지 않았다. 결국 이번에도 난 쑥스러움에 진 것이다.

중2 때쯤, 지금의 나처럼 쑥스러움 때문에 피해를 본 친구가 있었다. 음악시간 가창 시험을 치르는데 남들 앞에서 노래를 부르려니 쑥스러웠던 친구가 결국 가창시험을 치지 못하고 눈물을 보이고 말았던 것이다. 시험을 중도에 포기한 그 친구는 최하점을 받았다.

이렇듯 우리 일상생활에서는 쑥스러움에 지고 그로 인해 피해를 보는 일을 종종 볼 수 있다.

이상구 박사는 이렇게 말했다.

"쑥스러움을 극복하는 자가 승리자입니다. 왜냐하면 쑥스러움은 사망의 세력으로부터 오니까 그렇습니다. 남의 눈을 너무 중요하게 생각하고 남의 눈 때문에 진리를 내 속에서 억제시키는 패배자가 되어서는 안 됩니다. 쑥스러움 때문에 아름다운 진리의 보석을 속에 가지고 있으면서도 빛을 발하지 못하니까 그 빛이 여러분에게 영향력을 미치지 못하고 다른 사람에게도 전혀 도움이 되지 않습니다. 여러분들은 쑥스러움을 극복하는 사람이 되셔야 합니다."

요즘 나는 쑥스러움을 이기기 위해 모든 일에 앞장서려고 노력한다. 그 결과 1학기 자랑스러운 성광인이라는 상장과 모범상을 받게 되었다. 쑥스러움을 이겨낼 기회가 온다면 도망가지 말고 꼭 승부하자. 이겨 내어서 두려움을 떨쳐버리고 자신감 있는 사람으로 거듭나자.

야구

_ 안진영

    31년의 역사와 함께 올해 700만 관중을 돌파하는 역사를 동시에 써내려가고 있는 국내 최고 인기 스포츠인 야구.

    야구를 본 지 오래 되진 않았지만 지금 나는 야구의 재미에 푹 빠져 있다. 어릴 땐 야구를 싫어했었는데 무엇 때문에 좋아하게 되었는지는 모르겠다. 아마 보면 볼수록 모르는 정보가 생겼고 그 몰랐던 정보를 알아가는 게 재미있었던 것 같다. 또 수만 가지의 상황이 발생하는데 그때마다 달리 대처하는 모습을 보는 재미가 있어서인 것 같다.

    어느 날 중계방송을 보다가 해설자의 '야구는 인생의 축소판' 이라는 말을 듣게 되었다. 처음 딱 들었을 때는 '너무 과장한 것 아닌가. 굳이 스포츠를 인생에까지 비유할 필요가 있을까' 라는 생각을 했었다. 그런데 계속 보고 들으면서 야구를 왜 인생에 비유하는지 알 것 같았다.

야구를 보다 보면 이런 말들을 들을 수 있다. '위기 뒤 찬스', '역경 뒤 더 강해진다', 혹은 '한 경기에 세 번의 기회는 오기 마련이다', '야구는 9회말 2아웃부터이다' 등……. 이런 말들은 신기하게도 인생에 적용시켜도 무방하다. 세 번의 기회 그것은 우리가 인생을 살아가다보면 자신도 인지하지 못하는 사이에 찾아온다. 야구를 보면서 느낀 건 그 기회를 잘 살리는 팀이 이긴다는 것이다. 우리도 마찬가지이다. 그리고 야구는 '9회말 2아웃부터' 라는 말은 시간 제한이 없는, 무조건 3아웃을 잡아야 경기가 끝나는 야구이기에 가능한 말일 것이다. 살아가면서 끝났다고 생각하고 포기한다면 그때는 정말 끝나게 된다. 끝까지 포기하지 않고 노력해가는 끈기가 필요하지 않을까.

야구를 인생에 비유하는 또 다른 이유 중 하나는 동계훈련을 거쳐 133경기를 치르는 스포츠 중 가장 긴 시간 동안 많은 경기를 해야 하기 때문일 것이다. 초반에는 부진하던 선수라 할지라도 후반에 가면 더 나아질 수도 있고, 잘하던 선수가 슬럼프에 빠지는 경우는 야구에서 흔하다. 선수 개인뿐만 아니라 팀 전체로 봐도 그렇다.

작년에 이어 올해도 우승한 삼성라이온즈의 모습을 보며 팬으로서 기쁘지 않을 수 없었다. 그러나 삼성라이온즈가 쉽게 우승한 것은 아니다. 사실 시즌 초만 하더라도 과연 우승을 할 수 있을까 의문이 들 정도였으니 말이다. 시즌 전 우승 후보로 꼽혔던 팀이었기에 더욱 당혹스러웠다. 결국 우승을 했지만 초반 부진의 원인은 방심해서이지 않을까. 우리도 쉽다고 생각하고 방심하여 일을 그르친 경험이 많지 않은가.

그리고 비록 삼성이 초반에는 부진했지만 우승을 하는 모습을 보며 느낀 것이 하나 더 있다. 그것은 '언젠가 찾아올 위기를 지혜롭게 헤쳐 나가는 것이 중요하다' 는 것이다. 아예 위기를 만들지 않으면 좋겠지만 위기가 찾아왔을 때 그것을 헤쳐 나가는 것은 더욱 더 중요하다. 야구를 보면 볼수록 왜 인생에 비유하는지 알 것 같다.

나의 인생은 야구에 비유하자면 아직 1루도 돌지 못한 상황이다. 그러니 포기하지 않고 나의 최종 목표인 홈으로 들어오기 위해 더욱 더 열심히 뛰어갈 것이다.

모래성

_ 신재철

은은한 오르골 소리가 나의 귓가에 빙빙 맴돌았다. 옛날에 듣던 자장가 소리마냥 조용한 소리에 흠뻑 취해 버린 나머지 침묵의 세계에 빠지는 듯했다. 그리고는 서서히 잠이 오기 시작했다. 고요하고 잔잔한 하나의 멜로디. 멜로디가 내 귓속으로 전해질 때 내 눈은 서서히 잠기고 잠겼다.

"아빠, 바다는 언제 도착해?"

"음, 한 10분만 있으면 도착할 거야. 궁금하지? 조금만 기다려. 이제 다 왔어!"

끝날 것 같지 않은 고속도로만 바라보며 지루했던 나는 정말로 넓은 바다가 눈 앞에 펼쳐지자 환호성을 질렀다. 두꺼비집도 만들고 싶고 모래성도 쌓고 싶었다. 그리고 차가운 바다에 들어가서 물놀이도 하고 싶었다. 이윽고, 바닷가에 도착해 부모님과 형과 함께 텐트를 치고 재빨리 바다에 들어갔다.

"아, 차가워!"

엄마는 내가 감기에 걸릴까 봐 나를 꼭 안아 주셨다. 갑자기 몸이 따뜻해졌다. 시간이 흘러 시계의 바늘이 2시 정각을 가리킬 무렵, 바다 위에 해가 우뚝 솟아올랐다. 따뜻한 햇볕은 조금 서늘한 우리 가족의 추위를 달래주었다. 텐트에서 엄마가 카메라를 가지고 달려왔다.

"사진 찍어야지. 하나, 둘, 김치!"

그렇게 바다 앞에서 많은 사진을 찍고 그렇게 보냈다. 맛있는 간식을 먹고는 TV 속 드라마에서 보았던 예쁜 모래성을 만들기로 했다. 처음이라 그런지 쉽지 않았지만 주저하지 않고 꿋꿋이 계속 만들어갔고 드라마에서 본 것에 그럭저럭 견줄 만한 모래성을 만들었다. 성문을 만들고 구멍을 팠다. 바닷물이 들어와서 높은 곳에서 낮은 곳으로 흘러 내려갔다. 정말 신기했다. 그리고 어디선가 뿌듯함이 밀려왔다. 그러나 그것도 잠시. 갑자기 파도가 세지는 바람에 바닷물이 힘차게 나의 모래성 가까이로 다가왔다. 꿋꿋하게 잘 견디나 싶더니 결국 바닷물을 머금은 채 서서히 무너져 내려갔다.

"안 돼, 안 돼!"

꿈이었다. 번쩍 일어나 보니 아까 들렸던 오르골 소리가 여전히 잔잔히 울리고 있었다. 나는 갑자기 내 어릴 적 시절의 나를 보고 싶었다. 그래서 책꽂이에서 앨범을 집어 들어 옛날의 나를 찾아보았다. 여러 사진 중 내가 바닷가에서 V(브이) 하면서 찍은 사진이 눈에 들어왔다. 좀 전에 꿨던 꿈의 상황과 비슷했다. 한참 동안 사진을 들여다보았다. 모래성이 보였다. 사진 속에도 모래성이 찍혀 있었다. 그랬다. 나만의 모래성은 꿈에서 무너졌지만 과거의 모래성은 현재의 지금도 사진 속에 남아 있고 내 마음 속에도 여전히 남아 있다. 모래성은 과거와 추억이자 현재이고 미래다. 그리고 모래성은 나의 꿈이다. 이러한 모래성을 죽을 때까지 지켜주고 싶다.

바다는 나 스스로에 대해 많은 생각을 하게 한다. 철학적으로 그리고 마음으로 무언가를 느끼게 한다.

모래성을 생각해 보자면, 욕망은 모래성과 같아 언제 무너질지 모른다. 작은 바람만 불어도 흩어지고 스치기만 해도 무너져 내린다. 욕망 없는 사람은 무너질 것이 없어 새로 지을 수 있고 욕망에 사로잡힌 사람은 건들기만 해도 쓰러진다. 모래알이 단단하여 견고할 것이라 생각하면 착각이다. 아무거나 던져도 한 번에 쓰러지고 모래성끼리 조금만 부딪혀도 산산조각이 난다. 뿐만 아니라, 바다에 존재하는 어떠한 생명체도 중요한 의미를 지닌다.

모래성을 생각하니 이러한 구절이 떠오른다.

하얀 모래를 두 손 가득히 움켜잡았다.
이것은 사랑이다.

손을 들어 올리니 모래가 손가락 사이로 흘러내린다.
이것이 이별이다.

흘러내리는 모래를 막아 보려 하지만, 모래는 멈추지 않는다.
이것이 미련이다.

다행히 손 안에 흘러내리지 않고 남은 모래가 있었다.
이것이 그리움이다.

그리고 남은 모래를 손바닥으로 터니깐 손바닥에 남아 있던 모래가 황금빛을 내고 있다.
이것이 추억이다.

나의 모래성은 어떠한 감정의 집합체이다. 사랑이든 이별이든 미련이든 그리움이든, 그리고 추억이든 모든 감정을 갖추고 있는 신비한 존재다. 모래로 만들어져 나약하게 보이지만 모래 하나하나로 이루어진 성은 뭉쳐지고 하나의 힘을 가지게 되었다. 이러한 모래성은 나에게 큰 힘이 되었고 앞으로도 큰 힘이 되어 줄 것이다. 거친 파도가 닥쳐와도 나의 모래성은 무너지지 않고 버텨 주기를…….

그때 걸었던 그 길

_ 김병주

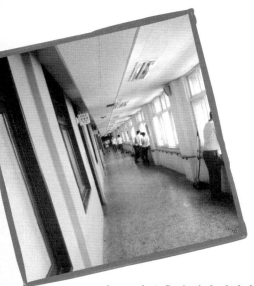

　중학교 3학년 축제 때의 일이다.

　우리 학교 축제인 '성맥'은 처음 시작을 금호강 마라톤으로 알린다. 중학교 땐 축제 시작을 마라톤으로 하는 것이 무척이나 싫었다. 하지만 고등학교 준비로 공부를 열심히 하던 때라 그런지 친구들이랑 밖에서 놀 시간도 별로 없었고 평일 오전 시간에 강변을 따라 걸을 일도 마음먹지 않으면 하기 힘든 일이라는 생각에 지금 그때를 떠올려 보면 정말 좋은 추억이었던 것 같다.

　금호강변을 중3 겨울방학 때 한 번 더 찾아 갔다. 이번에는 아버지와 함께……. 내가 지금까지 가본 곳 중에 가장 좋은 느낌을 주었던 곳이기 때문이었다. 겨울이라 예전에 보았던 색색의 꽃들은 다 지고, 내 키보다 더 큰 갈대들이 나를 반겼다. 길 좋고 물 좋고 경치도 좋지만 사람들 또한 많지 않아 마음의 안정을 찾기에는 정말 좋은 곳이었다.

아버지와 자전거를 타고 강가를 지나가던 중 강아지 두 마리를 옆에 두고 낚시를 하고 계시는 할아버지 한 분을 뵈었다. 그 할아버지는 정말 고기를 낚는 게 아니라 세월을 낚는 듯한 포스를 풍기셨다. 옆의 강아지들은 할아버지집 강아지 마루를 닮아서 더욱 정감이 갔다. 할아버지와 말을 몇 차례 나눈 후 자전거를 타고 계속 가다보니 주상절리같이 생긴 기암절벽이 있었다.

이 날의 기억을 고등학생이 된 지금도 잊지 못하고 있어 그곳의 풍경을 지금 그리라고 하면 그릴 수 있을 정도로 눈에 선하다. 그런데 얼마 전 친구에게 기분 나쁜 소식을 듣게 되었다. 그것은 내가 아버지와 함께 걸었던 금호강변 갈대밭과 습지 및 잔디밭을 4대강사업인 낙동강 보수공사라는 명목으로 콘크리트가 덮어버렸다는 것이었다.

나는 그 사실을 알고서 눈물이 핑 돌았다. 그곳을 더 이상은 볼 수가 없다니…….

4대강사업에 대해 환경 관련 기관들이 반대를 하는 이유를 이것으로 인해 알게 되었다. 가지고 있던 추억이 하나씩하나씩 없어지는 게 이토록 슬프다는 걸 처음으로 느꼈다. 도로를 깔면 편해질지는 모르겠으나 그 편해짐으로 인해 자연물이 점점 없어진다. 인간이 자연과 공생하며 살았던 날이 길었던 만큼 산을 깎고 도로를 덮고 자연을 훼손하면서까지 추진하는 이 개발이 어떤 의미를 가지는지……. 진지하게 생각해 본다.

스트레스를 풀어준 소릿길

_ 장현호

"학생이 공부 안 하고 뭐하는 거니?"

"니들 지금 몇 년 공부 안 하면 나중에 몇 십 년을 후회한다!"

"게임 하지 말고 빨리 책 펴서 공부해!"

학생이기에 주위에서 많이 듣게 되는 말들. 평소에 이런 말들을 많이 들어온 탓에 스트레스를 무척 많이 받았다. 그리고 그런 스트레스 때문인지 아니면 이제 곧 고3이 된다는 걱정 때문인지 나는 엄청 예민해져 있었고 걸핏하면 짜증을 내었다.

그러던 여름방학의 어느 날. 마침 일을 하루 쉬게 되신 어머께서 놀러 가자고 하셨고, 나는 '뭐, 놀러 가서 내가 손해 볼 것은 없다'는 생각에 따라 가기로 했다.

어디로 가는지도 모르는 상태로 차에 올라타 여쭤보니 합천에 있는 해인사에 간다고 하셨고, 으레 학생들이 그렇듯 '절은 지루한데……' 라고 생각하며 약간 다운된 기분으로 목적지로 향했다.

약 한 시간여 동안 고속도로를 달려 해인사에 도착했고 주차장이 붐벼 절 근처에 주차를 하고 차에서 내렸다. 해인사로 향하던 도중에 어머니께서 '가야산 소릿길' 이라고 적혀 있는 표지판을 발견하셨고, 난 학교 국어 선생님께서 좋다고 하셨던 기억이 나서 그리로 향했다.

소릿길의 입구에는 '하심' 이라는 문구가 나뭇가지에 걸려 있었다. 무슨 뜻인가 하고 아래쪽을 살펴보니, '나를 낮추고 남을 높이는 마음' 이라는 불교용어라고 한다. 우리는 그 표지판이 걸린 나뭇가지를 고개를 숙여 지나가고 소릿길로 들어갔다. 도착하기 전까지는 '왜 소릿길이라고 할까? 무슨 소리가 들릴까?' 하는 의구심이 있었는데, 이곳으로 접어드니 궁금함은 싹 사라졌다. 소릿길의 왼편에는 산에서 내려오는 물들이 이루는 폭포가 흐르고 있었다. 그 폭포수들이 이루는 호탕한 소리가 왜 이 길이 소릿길인지 알게 해주었던 것이다.

폭포와 그 주변 환경을 바라보며 웅장한 소리를 듣게 되니 정말 좋았다. 폭포와 소나무들이 길게 뻗어 있는 모습이 '내가 사는 도시와는 참으로 이질적이구나' 라는 생각을 했다. 매일 아스팔트 도로, 사람이 심어놓은 가로수, 콘크리트 빌딩만을 봐 오던 나에게 '자연스러움' 을 가르쳐주는 풍경이었다.

길을 걷는 내내 내 귀를 때리는 우렁찬 폭포소리에 그 동안 받아 왔던 스트레스들이 싹 사라지고 저절로 머리가 맑아지는 느낌을 받았다.

소릿길에서 사진도 많이 찍고 평소에 그렇다 할 많은 얘기도 나누지 못했던 부모님과 즐거운 시간을 보내고 내려왔다. 언젠가 삶에 지쳐 무기력해지고 짜증이 날 즈음에 다시 한 번 이곳을 찾아오고 싶었다. 이곳에 와서 우렁찬 그 폭포소리에 내 걱정거리와 스트레스를 모두 흘려보내고 재충전하는 시간을 가지리라.

외할아버지

_ 이문석

저는 다른 가족이랑 다르게 외가 쪽 친척과 가깝게 지냈지요. '왜관'이라는 동네에 할아버지, 할머니, 삼촌, 숙모, 이모부, 이모, 그리고 사촌들까지 살았으니 참으로 대가족이었죠. 저는 태어날 때부터 할아버지 댁으로 바로 가게 되었어요. 그리고 아버지와 어머니보다 할아버지와 할머니 손에서 더 많이 자라게 되었고 그러다보니 저와 할아버지, 할머니의 사이는 누구보다도 가까웠어요.

초등학교 1학년 때였습니다. 학교에 입학한 지 얼마 되지 않아 친구를 몇 명 사귀게 되었어요. 제일 친한 친구 한 명이랑 약속을 하나 했어요.

"우리 돈 모아서 같이 딱지 살래?" (그때는 딱지가 엄청 유행이었어요.)

"그래, 일주일 동안 모아서 한꺼번에 사자."

그렇게 하루 이틀 동전과 천 원 지폐를 꼬박꼬박 모아서 초등학교 1학년 나이로는 엄청난 액수의 돈을 모으는 데 성공했어요. 그리고 저와 친구는 방과 후에 학교 앞에 있는 문구점에 가서 같이 딱지를 골랐어요. 문구점을 이리저리 둘러보다가 대왕딱지(다른 보통 딱지보다 엄청 큰 딱지)를 사자고 했더니 친구는 그건 너무 비싸다면서 그걸 사면 다른 걸 별로 살 수가 없으니 보통 딱지를 많이 사자고 했죠. 그렇게 저랑 친구는 말다툼을 하기 시작했고, 저는 친구가 안 보는 틈을 타서 몰래 대왕딱지를 사버렸어요.

그러나 잠시 후 친구한테 들켜버렸고 다시 말다툼을 하기 시작했어요. 그러다 결국에는 주먹으로 때리고 할퀴면서 싸우게 되었어요. 그렇게 서로 얼굴에 손톱자국이 선명하게 새겨지고 주위의 친구들의 만류로 싸움은 중단되고 서로의 집으로 갔어요. 그때 저는 당연히 할아버지 댁으로 갔죠. 할아버지와 할머니께 엄청 혼나게 되었어요. 눈이 시뻘개지도록 울었죠. 그렇게 폭풍 같은 하루가 지나가고 다음날이 되었어요. 마루에 천 원짜리 지폐 한 장이 있었어요. 할머니께 여쭤보니

"어떤 사람이 두고 갔더라. 문석이 써라."

라고 말씀해 주셨죠. 그 다음날에도 천 원, 다음날에도 천 원 혹은 이천 원……. 초등학교 4학년 때까지 3년 동안 저는 그렇게 받은 돈으로 딱지, 로봇, 물총 등 사고 싶은 것을 마음껏 살 수 있었어요. 그러던 4학년 어느 날 할아버지가 하늘나라로 가셨어요. 그렇게 할아버지가 돌아가신 일주일 후 할아버지 댁은 무척이나 허전했어요. 그리고 누군가가 마루에 놓아주던 용돈이 안 보이기 시작했어요.

"할머니, 내 용돈 어디 갔어?"

"… 용돈 주시는 그 분 이제 안 오실 거야…"

저는 잠시 멍하게 서 있다가 방에 들어가 펑펑 울었어요. 지금도 그것만 생각하면 코가 찡하고 한숨이 나옵니다.

추억 속의 동굴

_ 이동광

초등학교 2학년 때의 일이다. 아버지의 동창 모임을 계곡에서 한다는 소리를 듣고 나도 따라갔다. 장소는 성주에 있는 '포천계곡'이었다.

난 짐을 풀자마자 겁도 없이 계곡에 들어갔다. 발도 넣어보지 않고 바로 뛰어든 나는 물에 바로 휩쓸려 버렸다. 폭우가 쏟아지고 하루쯤 지난 시점이었을까? 물이 엄청 거칠었다. "우와아앙"이라는 특이한 비명소리를 내며 휩쓸려가던 나는 앞에 있던 작은 폭포를 보았다. 위험할 정도로 높지는 않았지만 바닥이 바위로 되어 있어 크게 다칠 수도 있었다. 그때 나를 구해주신 분은 아버지의 친구 분이셨다. 떠내려가던 나의 팔을 번쩍 들어 올리셨다. 그때 나는 어부에게 잡힌 물고기의 느낌이 이런 것임을 느꼈다. 무사히 살아 돌아온 나는 잔소리와 밥을 함께 먹으며 계곡만을 바라보았다.

바위에 부딪혀 하얀 거품이 생기고 굉음을 토해내면서도 얕은 물가에 찰랑 찰랑 거리는 계곡의 모습에 반해버렸다. 그렇게 한참을 바라보고 있으니 어디가 깊고 어디가 얕은지 대강의 파악이 가능했다. 밥을 대충 다 먹은 나는 물에 다시 한 번 들어가 보기로 했다. 이번엔 아저씨들과 천천히 들어가서 안전했다. 좀 놀다 보니 물 속의 바위 위치도 다 파악하게 되어 이번에는 밑으로 가보기로 했다. 내려가다 보니 내가 다칠 뻔한 자그마한 규모의 폭포도 보였다. 폭포 밑은 깊이도 깊어 보이고 넓어서 여기서 놀기로 했다.

한참을 즐겁게 놀고 있는데 아저씨들이 보이지 않았다. 난 버림받은 줄 알고 엉엉 울었다. 그런데 갑자기 폭포를 가르며 아저씨 한 분이 나타나셨다. 그때를 되돌아보면 엄청나게 놀랐던 것 같다. 그분이 나의 손을 잡더니 폭포로 향해 갔다. 난 무척이나 가기 싫었다. 마치 저승에 끌려가는 것 같았다. 난 펑펑 울며 살려달라고 애원했다. 그런데 폭포 뒤에 공간이 있었다. 폭포가 떨어지면서 뒤에 조그마한 동굴이 있었던 것이다. 정말 신기했다. 마치 다락방에 투명색 커튼을 치고 물놀이를 하는 기분이랄까? 돌 색깔도 갈색 이끼가 껴서 아늑한 분위기가 연출되었다. 들어올 땐 강제였지만 나갈 땐 아니었다. 아저씨들은 좁다고 나가셔도 나는 계속 있었다. 마치 물의 신이 된 느낌이었다.

아이스크림도 거기서 먹었고 사탕도 거기서 먹었다. 심지어 치킨마저 거기서 먹었다. 처음에는 물의 신이 된 느낌이었지만 어째서인지 점점 갈수록 물의 신과는 멀어지고 인디언 같다는 느낌을 더 받게 되었다. 그러자 인디언이 된 상상을 해보았다. 이웃부족의 공격을 받아서 나만 살아남은 상황에 몰래 치킨을 사냥해 숨어서 먹는 상상……. 그렇게 치킨도 날고기처럼 게걸스럽게 먹어 치웠다.

하지만 물에 너무 오랫동안 있었던 탓인가 몸이 덜덜 떨렸다. 가슴까지 오는 물에 오래 있었으니 추울 만했다. 그때 아버지께서 폭포를 가르고 들어오셨다. 벌벌 떨고 있는 나를 보시더니 입고 계시던 면티셔츠를 벗어 덮어주셨다. 찬물에 젖어 있어 깜짝 놀랐지만 이내 점점 따뜻해졌다. 나를 번쩍 들어 계곡을 거

슬러 올라가던 아버지의 무뚝뚝한 표정은 키가 하늘에 닿을 듯한 거인의 모습으로 아직까지 머릿속에서 잊히지 않는다. 평상에 앉아 마른 수건으로 몸 구석구석을 닦아주시던 어머니의 따뜻한 손은 포근한 양털과도 같았다.

그때를 생각해 보면 지금 왜 이렇게 부모님 속을 썩이는지 모르겠다. 추억이라는 것은 현재의 모습을 반성하고 고치게 하는 아름다운 기억인 것 같다.

어려운 이웃에 감사하자

_ 이동우

모두가 잠들고 있을 이른 새벽엔 분주한 사람들이 있다. 우리가 지나가는 길을 쓸고 닦는 '환경미화원'들이 바로 그분들이다. 우리는 주위에서 흔히들 볼수 있지만, 바쁜 일상을 살아가는 우리는 그들에게 큰 관심을 두지 않는다. 변호사나 의사, 공무원처럼 유망직종도 아니며 오히려 환경미화원이라고 하면 '그런 직업은 정말 아니야', '차라리 다른 직업을 선택하겠다'라며 진저리 치는 경우가 대부분이다. 나는 한번 물어보고 싶다. 과연 그렇게 말할 자격이 있냐고.

우리 동네 환경미화원 아저씨는 항상 새벽 4시 20분이 되면 대구역의 좁은 골목으로부터 나오셨다. 아저씨 옆에는 손님을 기다리는 택시들이 줄지어 있고, 적은 수의 아주머니들과 공사장 아저씨들은 어디를 향해 급히 가고 있었다.

이러한 분들에 비해 매우 게으른 나는, 새벽에 컴퓨터를 한다고 늦게까지 밤을 셀 때 심심해서 새벽에 한 번씩 나가보곤 하면서 보는 광경이었다. 나는 환경미화원 아저씨를 보고 이렇게 생각했다. '저 아저씨는 무엇을 위해 저렇게 힘들게 일하시지?' 하며 의아한 생각을 하다가 '저 아저씨에게 "좋은 아침입니다."라고 인사 한번은 드려야 할 텐데' 라고 생각만 했었다. 하지만 지금 와서야 생각하지만 내가 그때 인사를 했었더라면 지금 와서 이렇게 후회하지는 않았을 거라고 생각한다.

그 해 여름, 나는 뜻밖의 광경을 목격하고 말았다. 그때의 시간은 아침 7시쯤이었다. 학교 스쿨버스를 놓친 나는 학교에 늦지 않기 위해 시내버스를 타려고 버스정류장에서 버스를 기다리고 있었다. 그곳은 대구역 네거리 앞 버스정류장이었는데, 나는 그날 뜻밖에도 사람이 죽는 광경을 바로 앞에서 목격하였다. 그 순간은 순식간이었다. 어느 하얀색 택배 트럭과 횡단보도를 건너던 환경미화원이 세게 부딪혔는데, 경찰관의 말로는 택배 기사가 빨간색 신호등이 켜졌는데도 불구하고 신호위반을 하여 생긴 사고라고 했다. 환경미화원은 트럭에 박고 공중에서 붕 날아 머리를 도로에 박았다. 머리가 반쯤 으깨어지면서 피가 주르르 새어 나왔는데, 사람에게서 저렇게 많은 피가 나올 수 있다는 것을 그때서야 알았다. 나는 그 돌아가신 환경미화원의 표정을 아직도 잊지 못한다. 얼굴이 새하얗게 변하고 눈은 반쯤 뜬 채로 뻗어 있는 싸늘한 시신을…. 그리고 나는 깜짝 놀랐다. 그 아저씨는 바로 내가 몇 번 봐왔던 환경미화원 아저씨였던 것이다. 사람들은 출근길을 멈추며 구경거리라도 생긴 듯 신기하게 환경미화원 아저씨를 쳐다봤다. 그들은 사고가 나고 나서 그 사건을 구경거리로만 보았지 아저씨의 슬픈 죽음이라고 보지 않았던 것 같았다. 한 10분쯤 지나자 소방대원들과 경찰관, 그리고 응급 대원들이 와서 사건 현장을 처리했다. 2명의 응급 대원들이 구급차에서 내려 미화원 아저씨의 벌려진 다리를 능숙하게 두 손으로 접고, 아저씨의 두 팔을 움켜잡고 옮기는 모습을 보았다. 응급 대원들의 시체처리기술은 정말 능숙했다. 정말 많이 해본 듯 능숙하게 접는 그 일, 항상 하는 일이지만도 그들에게는 달갑지만은 않은 소식이었을 것이다.

'내가 만약에 조금이라도 전에 일찍 "좋은 아침입니다."라고 인사를 드렸더라면 후회되지는 않았을 텐데'라고 어리석은 생각을 하기에는 시간이 훌쩍 지나 버렸다. 그 아저씨의 얼굴을 몇 번 본 나지만 그 환경미화원 아저씨는 나에게 있어 큰 전환점이 되었다. 그리고 나는 생각했다. 서로에게 감사하며 살아야 한다는 것을……

하지만 현시대의 모습은 그렇지 않다. 서로에게 감사하기는커녕 자기만 잘되면 된다는 이기주의가 팽배한 시대가 되었다. 사람은 사람으로 더불어 살아가는 사회이지만 자기 가족만 잘되면 되고, 나만 잘되면 모든 것이 끝나 버리는 각박한 세상이 되어 버린 것이다.

이제 겨울의 막바지가 다가오고 있다. 서로 사랑을 나누자는 손길들이 많고 여기저기서 따뜻한 소식들이 풍성하게 들려오면 좋으련만 어렵고 소외된 이웃을 돕자는 목소리는 조금씩 사라져가고 있다. 이런 가운데에 차가운 길바닥 위에서 잠을 청하는 거리의 노숙자부터 목숨을 걸고 일하는 노동자들과 무거운 빗자루를 들고 위험한 환경에서 일하는 환경미화원까지 이웃들의 힘든 삶을 돌아보지는 않고 지금 생활이 풍족치 못하다고 감사하지 못하고 불평만 하는 모습들만 만연하다.

물질문명이 발달하여 서로에게 감사함과 사랑함이 저 넝마조각보다 못하게 된 이 시점에서 우리 주위의 힘들게 살아가는 분들에게 감사함이 담긴 짧은 인사말 한마디 건네는 것에서부터 더불어 살아가는 사회를 만들어 갔으면……

시간의 이유 있는 달리기

_ 이재훈

두꺼운 패딩점퍼를 꺼내고 따뜻한 붕어빵을 찾아다니는 겨울이 돌아왔다. 12
월도 되지 않았지만 얼마 남지 않아 있는 얇은 달력을 보고 있노라면 올 한 해도
지나갔다는 생각과 함께 '시간 참 빨리 간다.' 라는 생각이 들곤 한다. 아이러니
하게도 시간은 24시간, 365일 모두 똑같건만 우리는 시간을 돌이켜 보며 빠른
시간에 대해 한탄하고는 한다. 우리는 왜 시간이 빨리 간다고 생각하는 걸까?

시간이 빨리 가는 것에 대해 문화 심리학자 김정운 교수는 그의 저서『남자
의 자격』에서 '시간이 미쳤다' 라는 재미있는 말을 했다. 책 중 '시간이 언제부
터 미친 걸까?' 에서는 이 글과 비슷한 주제에 대해서 이야기하는데, 그곳에 적
혀 있는 심리학자들의 말로는 우리가 시간이 빨리 흐른다고 생각하는 것은 '회
상효과' 때문이라고 한다. 이 책에서는 회상효과를 기억 속에 저장되어 있는

내용이 많으면 그 시기가 길게 느껴지게 하고, 전혀 기억할 게 없으면 그 시기가 짧게 느껴지게 하는 것이라고 정의했다. 즉 우리는 일상의 반복 속에서 추억할 것도 없이 지내다 보니 시간이 빠르게 흘러갔다는 이야기이다.

심리학계에서는 비정상적 시간흐름에 대해서 수학적으로 설명했다. 우리는 무언가를 볼 때 다른 것과 비교해서 보는 경향이 있다. 학자들은 인간의 이러한 습성을 토대로, 시간이 빨리 흐른다고 생각하는 이유를 우리가 시간을 비교하기 때문이라고 하였다. 예를 들어 5살 난 아이와 50세의 성인의 한 달을 비교한다고 해보자. 50세의 성인에게는 한 달이란 '지나간 시간'과 비교해서 600배나 작은 시간이기 때문에 그 기간이 아주 짧게 느껴진다. 이와 반대로 5살 어린 아이에게 한 달이란 지나온 삶의 길이에 비해 비교적 긴 시간이기 때문에 시간이 천천히 흐르는 것처럼 느껴진다. 이와 같은 관점에선 나이가 들면 들수록 시간이 빠르게 흘러가는 것처럼 느끼는 이유를 설명할 수 있다.

위의 두 관점 외에도 미친 시간에 대한 이야기는 여러 가지가 있다. 모두 그 근거가 타당하고 이야기해 볼 만한 가치가 있지만, 나는 남은 페이지에 대해 조금 다른 생각을 가지고 있다.

우선 생각해 보자. 어릴 적 과거를 뒤집어 보고 있는가? 우리는 시간을 생각할 때면 과거 하나만 보는 경향이 있다. 시간이란 하나가 아닌데도 말이다. 시간은 과거와 현재, 미래가 합쳐진 집합체이지 하나의 독립된 개체가 아니다. 시간이라는 나무를 우리는 뿌리만 보고 있다. 나무의 줄기와 가지를 제외하고 뿌리 하나만 보는데 어떻게 나무가 크게 보이겠는가?

시간이 길이는 우리가 시간을 보는 범위에 따라서 달라진다. 현재에 충실하고 미래에 대해 꿈이 부푼 사람은 과거에만 연연해 하지 않는다. 물론 과거에 연연해 하지 않는다는 것이 과거를 제쳐둔다는 뜻은 아니다. 과거를 간직한 채, 현재를 살아가고 미래를 기대하는 사람들은 시간을 신경 쓰지 않는다. 모든 시간을 보는 그들에게 시간의 흐름이란, 자동차를 타고 가며 커다란 산을 보는 것과 같이 느리기 때문이다.

삼거리의 신호등

_ 장재용

올해 추석이었습니다. 울산에 있는 큰집에 갔습니다. 몇 주 전에 결혼한 사촌 누나가 떠난 큰집은 생각보다 더 쓸쓸했습니다. 대학 졸업반이 된 사촌형은 이 제는 반말을 하기에는 어색할 정도입니다. 그래도 명절이라는 것이 늘 그렇듯 추석은 즐겁습니다. 인연과 혈연으로 묶인 가족들이 오랜만에 만난 자리가 즐 겁지 않으면 무엇이겠습니까? 이번 추석에는 오랜만에 만난 그 어색한 사촌형 과 울산 시내에 나가 영화도 보고, 점심도 같이 먹었습니다. 저녁에는 대구에 사는 다른 사촌형과 사촌누나가 왔습니다. 모두들 더 많은 나이를 짊어지고 있 지만 사촌지간의 사이좋은 마음만은 예전과 같습니다. 다른 것이 하나 있다면 예전에는 만나면 게임이나 연예인 이야기를 했지만 요즘은 공부와 등급 이야 기를 한다는 것 정도일 겁니다.

그렇게 긴 밤을 보내고, 추석 아침이 왔습니다. 아직 철이 안 들어서 그런지 차례를 지내는 것은 지루하기만 합니다. 그래도 그 지루함을 이겨내는 것은 일 년에 단 두 번 밖에 먹지 못하는 명절 음식이 있기 때문일 것입니다. 새우튀김, 문어, 소고기, 부추전, 약과……. 평소에도 마음만 먹으면 얼마든지 먹을 수 있는 음식들이지만 명절에 먹는 것이 더 맛있는 이유는 가족의 힘에 있지 않을까요? 하여간 후회하지 않을 만큼 먹고, 열한시 무렵에 울산에서의 만 하루 동안의 짧은 만남을 뒤로 하고 우리 가족은 의성에 있는 할머니 댁에 갔습니다.

의성에는 할아버지께서 돌아가신 이후로 할머니 한 분만 집을 지키고 계십니다. 울산에서 의성으로 가는 길은 꽤나 순조로웠습니다. 추석 당일 정오부터는 귀경이 시작되어 일반적으로 대도시 쪽으로 가는 방향이 더 막히기 때문입니다. 두시 즈음에 의성에 도착해서 오랜만에 할머니도 만나고, 산소에 가서 밤도 따먹었습니다.

이것저것 하다 보니 시간은 다섯 시가 되었습니다. 할머니께 작별인사를 하고 우리 가족은 대구로 향했습니다. 대구에 들렀다가 성주에 있는 외갓집에 가야 하기 때문에 일정이 촉박했습니다. 그렇다 보니 아버지께서는 더 빨리 가기 위해 평소에 가던 길은 막힐 것이라면서 팔공산을 넘어가는 다른 길로 갈 것이라고 하셨습니다. 아마도 그쪽으로 가면 막히지 않고 금방 갈 것이라고 생각하셨던 모양입니다. 그런데 예상은 보기 좋게 빗나갔습니다. 우리의 '실크로드'가 될 것이라고 생각했던 산을 넘어가는 길은 한 번 들어가면 길이 끝날 때까지 나올 수 없는 그야말로 개미지옥과 같았습니다. 빨리 간다고 선택한 길이 꽉 막히는, 그것도 산을 넘어가는 이차선 도로라니.

고속도로가 막히면 그래도 중간 중간에 휴게소라도 있고 갓길이라도 있으니 그나마 낫습니다. 그런데 그 정체 도로를 빠져나가기 위한 방법은 오직 기다리는 것밖엔 없었습니다. 그렇게 시간은 흘러만 갔습니다. 저는 휴대폰 신호도 안 잡히는 그 길에서 속으로 생각했습니다.

'도대체 맨 앞 차는 뭘 하고 있는 거야?'

그렇게 거의 2시간이 지났습니다. 끝이 없는 듯했던 도로도 서서히 끝이 보이기 시작했습니다. 그리고 제가 가지고 있던 의문도 자연스럽게 풀렸습니다. 산길의 끝에 있는 삼거리에는 횡단보도와 신호등만이 덩그러니 있었습니다. 그렇습니다. 맨 앞 차는 신호등의 신호가 바뀌길 기다리고 있었습니다. 아버지께선 말하셨습니다. '저 저거 지나가는 차도 별로 없고 보행자도 없는데 저 신호등 때문에 막혔구면. 차라리 신호등을 끄고 교통경찰 한 명만 있었으면 이렇게는 되지 않았을 텐데.' 지나가는 차도 보행자도 없는 삼거리에 설치된 횡단보도와 신호등 때문에 길이 막힌 것이라니. 아니, 신호등이 있는 건 그렇다 치더라도 이런 상황에 삼거리에 교통경찰 한 명만 파견되었다면 많은 사람들이 집에 일찍 갈 수 있었을 텐데…….

　어찌 보면 좋은 일인지도 모릅니다. 결국 모두가 신호등의 신호를 지켰기 때문에 그런 일이 일어난 것이니까요. 어쩌면 그 길의 정체는 우리 국민의 높은 준법정신과 시민 의식을 보여주는 것일지도 모릅니다. 하지만 결과적으로 모든 사람이 교통 규칙을 준수한 것이 그 이차선 도로를 다시 없을 정체로 몰아간 가장 큰 원인입니다. 물론 교통 규칙을 지킨 사람을 탓하려는 것은 아닙니다. 정체의 원인을 굳이 따지자면 우리 시 공무원들과 경찰들의 미숙함 때문일 것입니다.

　우리도 누군가에게 '삼거리의 신호등' 같은 존재가 아닌지 생각해 봅시다. 남이 잘되는 것이 싫어서 괜히 빨간불을 켜 둬서 방해하는 그런 신호등이 아닌지, 상황에 따라 융통성을 발휘하지 못하고 곧이곧대로 행동하는 그런 신호등이 아닌지 반성해 봅시다. 우리 모두 그런 신호등이 아닌, 사람을 위한 신호등이 되어야 하지 않겠습니까?

제6부

미디어를 통해 바라본 세상

목차

고전이라는 규범, 규범이라는 질서, 질서라는 규범, 규범이라는 고전
김현무

영화 'Catch Me If You Can' 을 보고…
정승부

'Real Steel (리얼 스틸)' 을 보고…
남중일

무슨 말 한 겁니까?
김민수

일장춘몽
이신명

집착은 젊은이의 전유물이다.
신재철

once again
김병주

영화 '죽은 시인의 사회' 를 보고
이현웅

대가 없는 사랑 – '마당을 나온 암탉'
한제윤

테이큰(Taken)
장현호

korea 코리아
홍창현

스텝업4 : 레볼루션
최윤석

고전이라는 규범,
규범이라는 질서,
질서라는 규범,
규범이라는 고전.

_ 김현무

출처 : 영화-더 콘서트

　고전은 규범일까. 오늘날까지 널리 통용되고 사람들에게 인식되고 있는 이 고전이란 존재는 과연 우리 인생에서 규범으로 존재할까. 흔히 '옛것을 배우라'고 말한다. 철학시간에는 공자, 마르크스, 소크라테스의 사상을 고찰하라 말하고, 사회시간에는 애덤 스미스의 사회사상을 생각해 보라 한다. 음악시간에는 클래식을 느껴보라 한다. 고전에 대한 사람들의 생각이다. 과연 고전은 규범일까. 규범은 고전이 되는 것일까. 현실에서의 상황을 옛것의 사상에 빗대어 해결하려고 하는 것은 과연 옳은 행위일까. 시대가 바뀜에도 고전을 고집하는 이유가 있다. 고전은 오랫동안 사람들에게 각인되어 왔고 그로 인해 보편화되었기 때문이다. 그렇다면 보편화된 것은 무조건 따라야 하는 것일까. 그것은 아니다. 하지만 보편화되었다는 뜻은 다수에게 공감대를 형성했고 한층 더 진보

된 길을 열었다는 뜻으로 불릴 수도 있다. 아직까지 논어가 많은 이들에게 읽히고, 애덤 스미스의 국부론이 다수의 사람들로부터 부름을 받는 이유 또한 많은 이들에게 보편화된 단단한 존재가 현실에서 도움이 되기 때문일 것이다. 이름은 시대를 불문하고 남게 되고 그 사람의 사상 또한 시대를 타고 존재한다.

이 시대에서 고전이라 일컬어지는 가장 대표적인 존재는 음악 즉, 클래식일 것이다. 클래식은 불변하지 않는 존재이다. 언제나 사람들의 머릿속에 남아 있게 된다. 누구에게나 머릿속에는 클래식에 대한 환상이 남아 있다. 나라는 존재가 세상에 빛을 보기 전부터, 이미 존재 속에서의 클래식을 인지하고 있었기 때문이 아닐까. 우리 민족의 혼이 담긴 국악도 아닌 서양에서 건너온 오케스트라 클래식이지만 사실 클래식이라는 존재는 모든 국가의 고전이 된다. 음악에 있어 경계는 무의미한 존재다.

하지만 언제부턴가 클래식은 따분하고 지루하고 어려운 존재로 각인되어왔다. 관객들은 영화를 보고 CF를 보고 TV 드라마를 보면서 귀에 꽂히는 클래식 음악을 듣게 된다. 사람들은 영화를 보고난 뒤에 영화 속에 들어간 인상 깊었던 클래식 음악을 찾는다. 하지만 클래식을 들려주게 되면 사람들은 따분해 하고 지루해 한다. 이러한 이중적인 아이러니라니……. 영화 속에서의 클래식과 현실 속에서의 클래식은 다른 것일까. 아니면 편견을 배제하면서 자연스럽게 흘러들어온 클래식에 대한 환상 때문일까. 사람들은 생각한다. 그렇기에 무언가를 판가름하는 것이다. 영화 속에서 클래식이 들려오리라는 생각은 그 누구도 하지 못했을 것이다. 누군가의 귀띔이 없었다면 그저 흘러들어갈 하나의 음악에 불과했을 것이다. 하지만 사람들은 그 음악에 큰 인상을 받는다. 하지만 영화에서 클래식이 흘러나온다는 것을 아는 사람들은 어떻게 행동할까. 과연 똑같이 행동할까. 클래식에 대한 편견으로써 존재하는 선율은 클래식에 대한 편견이 없는 선율에 미치지 못하는 것일까.

클래식 공연장을 갔을 때 지루함에 잠을 청하는 청중을 본 사람은 극히 드물 것이다. 학교에서나 다른 곳에서 흔히 보이던 잠자는 청중은 클래식장에서 모습을 감춘다. 타인의 시선을 의식한 행동으로 간주해야 하는 것일까. 아마 클래식의 의미를 인지한 사람들이 클래식장을 찾았기 때문일 것이다. 클래식을 어렵고 지루하고 따분한 것으로 생각하지 않았다는 그 생각만으로도 이미 클래식에 대한 귀를 열어두었다는 것이다. 그저 마이동풍으로 지나가는 선율은 클래식으로서의 클래식이 아니다. 다른 사람의 시선으로부터 인정받기 위해 무거운 눈꺼풀을 참는 것도 아니다. 그저 음악에 몸을 맡긴 것이다. 어렵지 않다고 먼저 다가설 때 클래식은 시작된다.

차이코프스키의 '바이올린 협주곡 D장조 Op.35'는 세계 4대 바이올린 협주곡에 들 정도로 명성이 자자하다. 하지만 이 곡 또한 어렵지 않다고 먼저 다가섬으로 인해 태어난 것이다. 바이올린의 독주가 끝나고 수많은 관현악과 함께 터져나오는 클라이막스는 그 무엇과도 비교할 수 없는 웅장함을 선보이지만. 그 시대 당시 사람들로부터 외면받고 지탄받은 음악이었던 것이다. 하지만 한 세대를 넘어 어떻게 되었는가. 마침내 그 작품적 가치가 인정된 것이 아닌가. 공자는 '위대한 왕은 한 세기가 지나 비로소 인정받는다.'고 했다. 시대가 만들어내는 유행에만 따라가는 것이 아닌, 자신만의 새로운 행위는 그 시대에는 외면 받을지 모르나 광산에 숨어 있는 작은 원석이 다듬어져 보석이 되듯. 시간이 지나 또 하나의 역할이 되었고, 고전이 되었음을. 당시 시대의 사람들은 단지 어렵고 난해한 음표들이 악보에 즐비해 있으니 정신 나간 작곡가의 작품이라고 욕을 해댄 것이다. 음악가 또한 난이도 높은 이 음악을 아무도 연주하려 들지 않았다. 하지만 후에 난해하다는 편견을 깨고 바이올린 연주를 마치자 청중들은 그 작품성에 놀라워했고 오랜 시간 악보 속에 숨어 있던 혼은 살아났다. 무언가의 좋고 나쁨을 판가름하는 것은 지극히 개인적인 것이 아닐까. 단순히 악보가 복잡하다고 어렵고 미친 작곡가의 작품이라고 어렵다고 느낀다면 정말 어렵게 느껴질 것이지만, 사실상 어렵다고 느껴지는 것도 재차 생각해 본다면 어렵지 않은 것일 수도 있다. 어렵다는 환상 속에 허우적대는 사람들의 모습을 사람들은 어떻게 느낄까. 클래식선율이 머릿속에서 맴돌면서도 클래식을 회피하는 사람들을.

　3~4분의 단편적인 노래와 음악에 오랫동안 심취되어 있던 사람들이 30~40분에 달하는 클래식 교향곡을 듣노라면 몸이 근질거려지지만 지휘자의 손끝 그의 혼이 담긴 지휘봉, 그리고 오케스트라 단원들의 연주는 청각적인 매력 이전에 느낄 수 있는 시각적인 또 다른 매력이 있다. 웅장한 선율과 장엄한 무대를 보게 되노라면 자동적으로 클래식의 선율 속으로 빠져들게 된다. 지휘자의 몸짓에 반응하는 사람들은 오케스트라 단원에 국한되지 않는다. 공연장에 앉아 있는 모든 이들이 지휘자의 몸짓 하나하나에 반응한다. 청각적 요소이기 전에 시각적인 매력을 과시하고 있는 클래식이라는 연극을 사람들은 관람하고 있다.

　클래식이라는 소리의 향연을 사람들은 잊고 사는 것일까. 아니면 아직 느끼지 못하는 것일까. 분명한 점은 클래식은 있어 보이기 위해, 자신의 유식함을 과시하기 위해 듣는 음악이 아니라는 점이다. 클래식은 그야말로 고전이며 이 시대 존재하는 모든 사람들이 보편적으로 듣는 음악이다. 음악은, 특히 클래식은 범지구적인 공용언어이다. 사람들이 느끼는 클래식의 위용과 장엄함, 웅장함. 그 본질은 동질적이다. 그리고 그것이 전달하는 느낌은 그 어떤 서사적 내용보다 탄탄하다. 음악이라는 언어. 전세계인이 간접적으로나마 서로 소통하고 공유할 수 있는 음악이라는 언어는, 그 무엇보다 아름다운 언어이자 소리이다. 오케스트라라는 스피커에 심취하여 눈을 감노라면 어느새 눈앞은 꽃이 흩날리고, 보리수나무가 이리저리 흔들리는 평화로운 세계를 만나게 될 것이다.

　수많은, 다양한 종류들의 악기들이 서로 합주하며 생겨나는 하나의 음악은 마침내 하나의 세계를 창조해냈다. 클래식장안에서의 클래식은 그 세계의 중심이자, 통합된 질서이다. 사람들은 지휘자의 손끝에 주목하고, 그의 손끝을 타고 흐르는 선율은 천장과 맞부딪혀 청중들에게로 전달된다. 악보 속에 숨어 있는 거대한 서사는 하나의 세계이며, 이 세계를 사람들은 동경하고 있을지도 모른다. 내면 속에는 아직까지 그 세계에 대한 갈망이 남아 있다. 무의식속의 또 다른 '나'가 무의식속의 클래식을 동경하는 것은 의심하지 않아도 될 자연스러운 현상일지도 모른다. 온라인과 오프라인의 생활이 다른 것처럼 의식과 무의식의 생활 또한 다르리라.

고전은 결국 오랫동안 인간사와 연관되어왔고 함께 걸어왔다. 과거의 고전은 현재가 바라보는 고전과 다르지 않을 것이다. 수세기 전 듣던 클래식의 선율은, 현재 듣는 클래식과 다르지 않을 것이다. 고전은 시간이 지남에 따라 기준이 된 것이 아닌가? 그럼 고전은 규범이 되었는가? 누군가가 나에게 고전이 규범이라고 묻는다면 나는 말할 것이다. "고전은 규범이 아니다." 하지만 고전으로 인해 사람들은 규범을 자각한다. 이 시대 우리들의 인생 속의 무의식속에서 꿈틀거리고 있는 고전의 규범을……

영화

'Catch Me If You Can'을 보고…

_ 정승부

출처 : 영화–Catch Me If You Can

두 마리의 생쥐가 크림통에 빠져 허우적대고 있었습니다.
첫 번째 생쥐는 삶을 포기하고 익사했지만
두 번째 생쥐는 크림을 끝까지 휘저어 버터로 만든 후
빠져나왔다고 합니다.
저의 경우는 두 번째 생쥐입니다.

-프랭크의 아버지

"때로는 거짓말로 사는 게 더 쉽다."

-프랭크

'Catch Me If You Can(캐치 미 이프 유 캔)'에서의 주인공 프랭크는 남들과는 다른 비상한 머리와 임기응변으로 자신의 삶을 영화로까지 만들게 한 희대의 사기꾼이자 천재이다. 이 영화를 볼 당시 나는 흥밋거리 하나를 알면 그에 관한 모든 것을 파악하고 보는 그런 아이였다. 가령 세상에서 가장 큰 동물이라던가 아니면 세상에서 가장 위험한 호수라던가……

우연히 인터넷에서 본 프랭크의 삶에 흥미로워하던 나는 그의 삶이 영화로까지 제작되어 있다는 것을 알고 영화로 보게 되었다. 그 당시 나를 흥미롭게 만든 프랭크는 과연 어떤 삶을 살았을까?

프랭크는 학교에 다니면서 선생님으로 사칭하는 등 엽기적인 사기행각을 벌였다. 남부럽지 않은 가정환경에서 살던 그였지만 그에게도 불행이 찾아왔고, 아버지가 대출을 받지 못해 회사가 기울고 어머니의 불륜을 보았으며 결국 부모님의 이혼이라는 시련까지 겪었다.

커서 그가 말한 크림통에 빠졌다는 것이 바로 이때인 듯싶다. 돈 때문에 한 이혼이기 때문에, 그는 돈이 모든 것을 해결해 줄 것이라 믿고는 은행에 찾아가 대출을 하려고 했지만 그가 어디 변변한 직장이라도 가졌던가. 하지만 옆 자리에서는 비행기 조종사가 좋은 대우를 받으며 혜택을 받자, 그는 비행사에 전화를 해서 자기가 비행기 '부조종사'인데 유니폼을 어디서 구하냐고 물었다.

구하는 곳을 알자 바로 자기한테 맞는 유니폼을 맞춘 그는, 장난감비행기에서 스티커를 떼어내 위조 수표를 만듦으로써 자신의 목적인 '돈'을 해결하였다. 하지만 누군가가 자기를 쫓는다는 것을 알자 그는 이번에는 '의사'로 전향하는데 의사 자격증을 일곱 달 만에 땄다. 미국의 수재들도 보통 수년씩 걸린다는 것을……. 이를 통해 프랭크가 언변뿐만 아니라 천재적인 머리도 가지고 있음을 알 수 있다. 의사에서 변호사로, 그리고 결국 체포된 프랭크는 미성년자임에도 불구하고 감옥형이었으나, 12년형에서 5년형으로 낮아지고 FBI가 스카웃해 간 것을 보면 FBI에서도 그가 얼마나 재주 있는지 알고 있었다는 것이다.

그의 엽기적이면서도 위대해 보이는 삶은 무기력하던 나의 삶에 재미는 물

론, '나와 나이가 비슷한 프랭크도 저런 파란만장한 삶을 사는데!' 라는 질투와
더불어 여태까지의 나의 삶을 천천히 되돌아보는 계기가 되었다.

어릴 적부터 평범한 삶을 살아온 나, 그러나 프랭크와 비슷한 특별한 경험을
되뇌어 보았다. 유치원 시절에 가족들과 같이 절에 놀러 갔다가, 누나와 함께
길을 잃어서 산을 돌고 돌다가 쓰레기더미를 헤치고 나서 부모님과 재회하기
도 하였고 산에서 제사를 지내다가 멧돼지를 보기도 하였다. 프랭크와 비견치
는 않지만 나도 특별한 경험들을 가지고 있었다. 나는 그에게서 무엇을 원했던
것일까. 나도 특별하고 특별한데…….

다만 한 가지 본받을 것은 힘든 고비 속에서도 포기하지 않고 끊임없이 노력
하여 시련을 결국 '버터' 로 만들어 버렸다는 것이다. 나라면 그렇게 할 수가 있
었을까?

프랭크가 비록 희대의 사기꾼이기는 하지만, 어릴 적부터 아버지와 어머니
의 이혼을 겪지 않고 순탄하게 자라왔다면, 사기꾼의 삶이 아닌 또 다른 멋진
삶을 살지 않았을까? 송곳은 주머니를 뚫기 마련이니까…….

'Real Steel(리얼 스틸)'을 보고…

_ 남중일

출처 : 영화-Real Steel

　나의 아버지께서는 항상 우리 곁에서 힘이 되어주는 분이시다. 나는 이런 아버지가 곁에 계셔서 항상 믿음직스럽다. 그리고 그 아버지로 인해 내가 당당한 삶을 살아가고 있다.

　한창 사춘기를 겪을 시절, 부모님에게 투정을 부린 적은 없는가? 모두 한 번쯤은 있을 것이다. 우리가 화를 내고 투정을 부릴 때도 항상 웃으며 이해해 주시는 아버지, 내가 삐뚤어진 길로 나아갈 때면 항상 엄하게 다그치시던 아버지, 세상에서 가장 존경하는 분이라고 해도 손색이 없을 것이다.

　영화 '리얼 스틸'은 우리의 상상 속에서나 펼칠 수 있던 로봇 싸움에 관한 이야기이다. 영화 속에서 아들 역할을 하는 맥스 켄튼, 아버지 역할을 하는 찰리 켄튼. 이 가정은 우리가 흔히 생각하는 보통 가정이 아니다. 아버지 찰리 켄튼은 배우자와 이혼을 하고 항상 밖에서 살았던 인물이다. 그로 인해 아들 맥스 켄튼은 어머니와 시간을 보내는 일이 다반사였다. 그리고 그 때문에 아버지와의 추억은 더더욱 없었다.

영화 속에서 아들이 아버지와 함께 춤을 추는 장면이 나온다. 다른 사람들은 로봇들의 결투에 대하여 의미를 두었는지 모르겠지만 이 영화를 본 순간 나는 아버지 생각이 딱 떠올랐다.

아버지는 우리가 어릴 때 더 바쁘셨다. 그러나 항상 우리 형제들은 아버지께서 일을 마치고 돌아오실 때면 놀아달라고 졸라대었다. 지금 생각해 보니 아버지께서 정말 힘드셨을 것 같다. 그런데도 아버지는 항상 밝은 얼굴로 우리들과 재미있게 놀아주시고 힘든 운동도 마다하지 않으시고 함께해 주셨다. 그 덕에 아버지와의 추억도 많이 쌓을 수 있었다.

아버지께서 나에 대하여 신경 쓰시고 관심을 가져 주시면 언제나 나는 아버지께 해드린 것이 없는 것 같아 죄송스럽기만 하다. 이러한 마음이 늘 자리를 잡고 있어서 그런지 영화를 보는 순간 슬픔과 자책감이 동시에 밀려왔다.

흔히 말하는 이성간의 사랑, 혹은 친구들과의 사랑만이 아니라 가족 간의 사랑, 아버지와의 사랑도 일방적이어서는 안 된다. 아버지가 나를 사랑하시는 만큼 나도 사랑으로 보답을 해드려야겠다. 마음속에 숨겨 놓았던 아버지에 대한 사랑을 드러낼 시간이 왔다.

무슨 말 한 겁니까?"

_ 김민수

출처 : 영화-블라인드 사이드

　실화를 바탕으로 한 영화를 본 적이 있습니까? 그러한 영화는 '해리포터' 같은 판타지는 없지만 실화인 만큼 우리 주변에 있을 수 있는 일을 잔잔하게 보여줍니다. 그중 한 영화가 'The Blind Side(블라인드 사이드)' 입니다.

　블라인드 사이드는 미국의 한 흑인 소년과 백인 가정의 인연으로 시작되어 흑인 소년을 미식축구로 대학에 보내는 영화입니다. 이 영화는 큰 임팩트가 있는 것도 그렇다고 엄청난 슬픔이 있는 것도 아닙니다. 조용하지만 지루하지 않게 우리를 끌고 가 줍니다. 제가 재미있게 보았던 장면은 두 개입니다. 하나는 소년이 미식축구 연습 때 제대로 역할을 수행하지 못하고 멍하니 있자 백인 아주머니의 재치있는 코치로 실력이 월등하게 향상된 것이며, 또 하나는 백인 가정의 딸이 도서관에서 혼자 공부하는 소년에게 먼저 다가가주는 장면입니다.

이 두 장면의 공통점은 과연 무엇일까요? 저는 바로 '소통과 이해'라고 생각합니다. 첫 번째 장면은 경기의 규칙과 자신의 역할에 대해 제대로 이해하지 못한 소년에게 아주머니가 그의 특성을 알고 그가 이해할 수 있는 언어로 말을 하자 바로 잘하기 시작했던 것입니다. 매우 놀란 감독은 이렇게 말합니다.

"저 아이에게 무슨 말을 한 겁니까?"

아주머니는 이렇게 말합니다.

"성격검사에서 보호본능이 97%가 나왔어요. 그 보호본능으로 선수들을 지키라고 말했어요."

아주머니는 소년을 정확히 알고 그를 이해해 주는 사람이었던 것입니다.

그리고 백인 가정의 딸이 소년에게 다가가주는 장면에서는 '참 용감하다. 마음이 정말 따뜻하구나'라는 생각이 들었습니다. 일반적으로는 흑인에 대한 안 좋은 인식 때문에 섣불리 다가가지 못할 텐데 말입니다.

저는 위의 두 장면을 보고 '나는 누군가를 저렇게 이해하고 소통해 보았나' 생각해 보았습니다. 대답은 'NO'였습니다. 언제나 나만 생각하고 소통과 이해를 위한 노력은 별로 하지 않은 것 같습니다. 여러분은 어떤지요. 지금부터라도 다른 사람을 이해하고 소통을 시도해 보는 것은 어떨까요? 그렇지 않으면 "무슨 말 한 겁니까?"라는 소통 불가의 말만 내뱉고 살아갈 수도 있으니까요.

일장춘몽(一場春夢)

_ 이신명

영화 '전우치'는 2009년 12월 23일에 나온 최동훈 감독의 작품이다. '만파식적'이라는 요괴를 봉인하고, 이를 푸는 데 이용하는 피리를 전우치는 지키려 하고 화담은 빼앗으려 해 이들이 서로 대적하는 내용이다.

전우치의 대사 중 "인생은 어차피 한바탕 꿈"이란 것이 있는데 난 그 대사를 정말 좋아한다. 그 이유는 공부만 잘하면 다 성공한다는 인식이 팽배한 이 세상에서 '꿈과 같은 인생을 살아보자' 라는 말을 던지고 있기 때문이다.

법철 스님의 '산중한담'에도 이와 같은 내용이 있다. 삼국유사에 등장하는 낙산사를 배경으로 하는 이 작품은, 젊은 승려 조신이 절세미인인 태수의 딸을 사랑하여 인연을 맺는 것이 결국 법당 안의 관음상 앞에서 향 하나를 피우는 시간만큼이나 짧고 허무한 한바탕 꿈이라는 이야기이다. '전우치전' 과 '산중한담'은 모두 인생을 한바탕 꿈이라고 일깨우고 있다.

고전소설의 작가였던 김만중의 '구운몽'도 이와 같은 내용이 있다. 조선 후기 소설가이자 문신이었던 서포 김만중의 삶은 전반과 후반이 극적으로 다르게 펼쳐진다. 최고 명문가에서 태어나 유복한 집안의 천재로 성장했지만 인생 후반에는 온갖 권력 투쟁에 휘말려 유배지에서 생을 마감하게 되는 것이다. 김만중의 작품 '구운몽'은 일장춘몽에 불과한 인간의 부귀영화를 다루고 있다. 제목 그대로 '뜬구름 같은 아홉 명의 꿈'이다.

이 세 가지의 이야기를 보면 우리는 '어차피 한번 사는 인생인데 즐기면서 살자'라는 교훈을 얻게 되기도 하지만 한편으로는 '즐기되 자신이 해야 할 일은 하면서 보내라'는 교훈도 얻게 된다.

"집착은 젊은이의 전유물이다."

_ 신재철

출처 : 영화-프레스티지

"당신은 지금 이 세상에 충실히 살아가고 있는가?"

여러분께 물어보고 싶습니다. 세상에 이런 말이 있습니다. 'Time waits for no one.' 시간은 아무도 기다려 주지 않는다는 뜻입니다. 속담에서 말하듯 시간은 금만큼 귀한 것이며 돈으로 살 수 없는 것입니다. 당신은 지금 시간을 헛되이 보내고 있진 않습니까? 인문계고등학교에 진학하든 실업계고등학교에 진학하든 예술고등학교에 진학하든, 당신은 지금 학교생활만이라도 충실히 하고 있습니까? 인문계고등학교를 진학하는 이유는 무엇입니까? 가장 큰 이유는 좋은 대학교에 진학해서 좋은 직장을 얻고 세상을 편히 살아가기 위해서가 아닐까 생각해 봅니다. 그러면 실업계고등학교에 진학하는 이유는 무엇일까요? 자신이 하고 싶은 꿈들을 이루기 위해서? 그렇다면 당신의 꿈을 향해 한걸음 두

걸음 열심히 나아가고 있습니까? 이번에는 예술고등학교에 진학하는 여러분들께 묻습니다. 여러분들은 음악과 미술 등 관련 학과 진학을 꿈꾸고 있을 겁니다. 자신의 꿈을 향해 성실하게 나아가고 있습니까? 학생뿐 아니라 성인 여러분들께 여쭈어 봅니다. 당신은 당신의 십대를 조금도 후회 없이 보냈습니까?

여러분들은 학창 시절에 꿈을 가져보았을 것입니다. 저 또한 그렇습니다. 저는 초등학교 때는 꿈이 분명하지 않았지만 중학교에 들어서면서 교사를 꿈꾸게 되었습니다. 왜냐하면 친구 한 명 한 명에게 문제를 가르쳐주면서 얻는 쾌락이 정말 소중하고 행복했기 때문입니다. 여러분들도 초등학교, 중학교를 거치며 꿈을 가졌을 것입니다. 대통령, 교사, 의사, 검사, 판사, 변호사, 가수, 연예인, 연기자, 감독, 작가 등 많은 직업을 생각했을 것입니다.

하지만 요즈음 10대의 꿈을 조사해 보면 대다수의 학생들이 공무원을 꿈꾸고 있습니다. 혈기왕성하고 꽃다운 나이에 무엇 때문에 공무원을 꿈꾸고 있을까요? 공무원이 나쁘다는 것은 아니지만 왜 학생들은 안정적인 직업을 원하고 스스로 모험하려 하지 않고 삶을 개척하려 하지 않으려 할까요? 이는 부모님들께서 아이들에게 안정적인 직업을 강요하고 이에 아이들이 조금씩 세뇌되어 가기 때문이 아닐까 생각합니다.

10대는 꿈을 넓게 그리고 높게 가질 수 있는 시기입니다. 몇 년만 노력하면 꿈을 이룰 수 있는 나이이자 숨겨진 재능을 발굴할 수 있는 충분한 시기임에도 불구하고 학부모 그리고 세상은 이들의 꿈들을 짓밟습니다. 단지 돈 많이 버는 세상이 행복한 세상인 양 이야기하는 현실에 박혀 있기 때문입니다. 이러한 세태가 무너지고 혁신적인 교육이 이루어져야 한다고 저는 항상 느낍니다. 하지만 이게 하루아침에 고쳐질 일입니까? 하루아침에 바뀔 일이었다면 대한민국 교육은 이미 오래전에 바뀌었을 것입니다.

저는 지금 여러분들에게 대한민국 교육의 현실을 역설하고자 하는 것이 아닙니다. 이러한 교육의 현실 속에서도 여러분들은 귀중한 10대의 시간을 헛되이 보내지 말고 하루하루를 충실히 살아가고 꿈을 찾아가자는 것입니다.

모든 사람들이 꿈을 가지게 될 때는 동기가 있었을 것입니다. 자신의 몸이 많이 아파서 커서 의사가 되어 자기처럼 많이 아픈 사람들의 병을 꼭 고쳐주고자 하며, 누군가는 학생들을 가르치며 쾌락을 얻고 행복을 느끼기 때문에 교사가 되고 싶어하며, 또 다른 누구는 스포츠를 즐기는 것이 정말 미칠 만큼 행복하기에 운동선수가 되길 바랄 것입니다. 자신만의 문학세계를 펼치기 위해서 작가가 되길 원하고, 많은 작품들을 연기하거나 찍어내고 싶어서 연기자나 PD가 되길 바라며, 연예인들이 방송에서 노래 부르는 것이 정말 좋고 미치도록 이 일이 하고 싶어서 가수나 연예인을 꿈꿉니다. 굳이 직업이 아니더라도 '사진을 많이 찍고 싶다, 세상에서 부자가 되고 싶다, 세계여행을 하고 싶다' 등 많은 꿈을 가집니다. 하지만 당신들은 이를 위해서 노력을 미친 듯이 한 적이 있나요? 꿈을 이루고는 싶어하지만 실천은 전혀 하지 않고 있는 건 아닌가요?

지금 당장 실천하십시오, 꿈을 향해서…….

세상에서 제일 멍청한 사람이 '난 오늘 뭘 할 거야.' 라고 말하며 실천은 하지 않는 바보입니다. 누군가에게 '난 오늘 공부할 거야.' 라고 말하는 것이 멋있다고 생각하십니까? 말을 하고 실천은 하십니까? 말보단 행동으로 보여주는 사람이 되십시오. '나는 1등을 할 거야.' 라고 항상 떠들어대는 사람과 묵묵히 공부를 해 1등을 이룬 후 '난 1등을 했다.' 라고 말하는 사람. 누가 더 낫습니까? 여러분들은 항상 후자에 속하시길 바랍니다.

저는 영화 '프레스티지' 속에서 "집착은 젊은이의 전유물이다."라는 대사를 보았습니다. 무슨 의미일까요? 젊을 때 집착을 많이 하라는 것입니다. 집착은 꼭 나쁜 것만은 아닙니다. 집착이 공부가 될 수 있고 꿈이 될 수 있고 사랑이 될 수 있습니다. 즉, 하고 싶은 것에 대해 집착하라는 것입니다. 묵묵히 지금 자기가 해야 할 일에 충실한다면 이것이 바로 꿈을 향한 첫 걸음이 아닐까요?

꿈을 생각할 때 세 가지를 꼭 주의하시고 고려하시길 바랍니다. 첫 번째로 흥미, 두 번째로 적성, 세 번째로 전망입니다.

제 주변에 서울대학교 기계공학과를 합격한 분이 있습니다. 대다수의 사람들은 서울대학교라는 이름만 들어도 눈이 커지고 코가 벌렁벌렁거릴 것입니다. 그분은 그중에서도 경쟁률이 그렇게 세다던 기계공학과를 합격했습니다. 그런데 대학교 1학년을 지내는 동안 기계공학과가 흥미에 맞지 않아서 자퇴를 했습니다. 그리고 재수를 했습니다. 그만큼 적성이 중요하다는 것입니다. 자신이 하고 싶은 일을 해야 사람은 즐겁고 행복합니다. 만약 당신이 꿈이 축구 선수인데 수학문제만을 계속 풀라고 요구를 한다면 어떠시겠습니까? 저는 최근에 학과에 대해서 많은 고민을 했습니다. 제가 2학년 초기에 원했던 학과는 화공생명공학과와 신소재공학과였습니다. '내가 대학에 들어가서 이 일에만 몰두하면 잘 할 수 있을까? 내가 원하는 일을 하면서도 스트레스 받지 않고 행복하게 공부할 수 있을까?' 생각해 보았습니다. 진지하게 며칠간 생각해 본 결과 이 학과에 가지 않겠다고 결심했습니다. 적성검사를 받았을 때 문과적인 성향이 뛰어났지만 대학을 잘 가기 위해서 이과에 왔습니다. 지금 와서 돌이켜보니 부질없는 생각이었던 것 같습니다. 노력만 충분히 한다면 문과에서도 자기가 원하는 대학을 갈 수 있을 것인데, 주변의 말을 듣고 결정한 결과였습니다. 돌이킬 수 없는 일입니다. 이과로 온 것에 대해서 후회는 하지 않습니다. 다만 1년 전으로 돌아간다면 내가 원하는 꿈을 확실히 정해서 내가 원하는 학과에 대해서 공부를 하고 준비를 할 것입니다.

그리고 두 번째로 적성입니다. 여러분들은 모두 타고나는 재주가 한 가지 이상 가지고 있습니다. 가장 행복한 일은 여러분들이 타고난 재주를 발견하고 흥미를 가져서 꿈을 향해 나아가는 것입니다. 얼마나 이상적인 일입니까? 예를 들면, 자기가 축구에 재능을 가지고 있고 축구를 또한 좋아하고 축구선수가 되기 위해서 열심히 노력한다면 좋은 축구선수가 될 수 있을 것입니다. 좋은 보석을 다듬는 것처럼 다이아몬드 같은 선수가 될 수 있을 것입니다. '나는 왜 잘하는 게 없지?' 라고 생각하는 학생들이 많습니다. 아닙니다. 세상에 모든 사람은 자기만의 재주가 한 가지씩 있다고 단언합니다. 꼭 자신만의 잠재력을 발견하시길 바라고 소망합니다.

세 번째로 전망입니다. 전망이라고 생각하면 돈 많이 버는 직업을 이야기한다고 생각하시는 분들이 많은데 절대 아닙니다. 제가 말씀드리는 전망이란 여러분들의 미래의 직업이 미래에서는 유망하고 의롭게 쓰이는 직업인지 곰곰이 생각해 보라는 것입니다. 저는 비전 때문에 교사라는 꿈을 포기하게 되었습니다. 지금 학교 선생님들을 보시면 알 수 있습니다. 학교 선생님들이 문제가 있다는 것이 아니라 학생들이 문제가 있다는 말입니다. 학생들이 개념 없는 행동을 할 뿐만 아니라 폭력을 행사하고 친구들을 왕따시키는 등 많은 부조리한 일들이 발생하고 있습니다. 선생님들은 조치를 당연히 해야만 합니다. 가장 말을 잘 듣게 하는 방법은 체벌입니다. 하지만 지금 체벌은 금지되었고 두발 규정도 명찰 착용까지도 인권침해라는 이야기가 나돌고 있습니다. 교권은 갈수록 추락하고 있고 안정적인 직업의 1위였던 교사의 비전이 안 좋아지고 있습니다. 그래서 저는 이 꿈을 포기하게 되었습니다. 요약해서 말씀드리자면, 여러분들은 꼭 비전을 생각하고 꿈을 선택하시길 바랍니다.

십대는 미래가 창창한 나이입니다. 대학시절을 인생의 두 번째 전환점이라고 합니다. 십대가 아니더라도 이십대에라도 꿈을 위해 나아갈 시간이 충분히 있습니다. 그리고 십대뿐만 아니라 이십대를 넘어서 삼십대를 접어 들어가는 성인 여러분들 그리고 사오십대를 거치신 여러분들 모두 다 꿈을 향해 나아가시길 바랍니다. 늦지 않았습니다. 늦었다고 생각할 때가 가장 빠르다고 합니다. 절대로 포기하지 마시고 꿈과 미래를 향해 도약하시길 바랍니다.

당신이 할 수 있다고 생각하면 할 수 있고, 할 수 없다고 생각하면 할 수 없다.

-헨리 포드

Once again

_ 김병주

출처 : 영화-Once again

　내가 처음 이 영화를 접하게 되었던 건 'falling slowly' 라는 노래를 들었을 때였다. 중학교 3학년 겨울 점심시간 때 학교방송실에서 틀어준 노래 'falling slowly' 를 들었을 때는 추운 겨울에 얼어 있던 내 가슴까지 녹여주는 듯한 따뜻함이 느껴졌다. 이 노래를 듣고 나서 인터넷을 뒤지던 중 '원스(once)' 라는 영화의 주제곡으로 불렸던 노래라는 것을 알게 되었다. 나는 이 사실을 알고 바로 검색해 봤더니 생소한 나라의 영화인 아일랜드 영화였고 장르는 음악 · 멜로 영화였다. 처음 접하는 아일랜드 영화라 더욱 기대하며 기다렸다.

　영화 첫 시작부터 남자주인공의 기타소리와 노래가 들려왔고 뒤쪽엔 인상적인 벽화들이 있었다. 이것들 때문에 내가 더욱 집중해서 보지 않았나 싶다. 어디선가 들어본 듯한 친근하고, 감탄사를 지어내게 만드는 신선한 음악들이 수없이 연주되고 시간이 지나가는 지도 모를 만큼 빠져들게 하는 영화였다.

모든 것이 재미있고 노래도 무척이나 좋았지만 내가 이 영화를 보면서 가장 인상 깊었던 장면은 아일랜드 번화가 거리에서 길거리 공연을 하는 사람들을 돈을 주고 고용한 후 녹음실을 빌려 주인공들과 이들이 함께 노래를 부르고 악기를 연주하며 음악으로 하나 되는 장면이었다. 이 장면을 보고 처음으로 영화를 통해 벅찬 느낌을 받았다.

내가 음악영화를 즐겨보는 경향이 있긴 하지만 어릴 적 내 꿈이 마음 맞는 사람들과 뜻을 모아 시골 한쪽에 옹기종기 모여 음악만 하며 살아가는 것이었기에 영화에서 처음 보는 사람들끼리 모여서 음악으로 하나 되는 장면에 가슴이 벅차지 않을 수가 없었다. 이들은 처음에 만났을 땐 돈으로 엮인 계약관계이기 때문에 서로를 잘 믿지 못하고 돈만 생각했지만 마지막에는 음악 하는 사람들의 동질감으로 하나가 되었다. 즉, 이 영화는 음악의 위대함을 보여주려 했던 것 같다.

그리고 이 영화는 돈을 별로 들이지 않고 주인공 두 명의 음악 얘기와 일상을 보여주는 영화라서 평소 우리들의 일상을 보는 듯하여 친근감이 들었다. 음악·멜로 장르이지만 남녀 주인공 사이에 '사랑해'라는 말이 한 번도 쓰이지 않아 이상하기도 했지만 그렇기 때문에 더욱 간절하고 슬픈 사랑이 아니었나 생각한다.

중학교 3학년 겨울의 감동을 한번쯤은 다시 느껴보고 싶다. 다시금 감동을 느껴보고 싶게 하는 영화라서 제작자는 영화제목을 '원스(once)'라고 짓지 않았을까 하는 생각도 든다.

영화 '죽은 시인의 사회'를 보고

_ 이현웅

출처 : 영화-죽은 시인의 사회

　나는 종종 책을 먼저 읽고 내용이 좋으면 영화를 보곤 한다. '반지의 제왕'
이나 '마이너리티 리포트(Minority Report)', '노인을 위한 나라는 없다' 등이 그
런 경우이다. 그중에서도 나는 '죽은 시인의 사회'를 가장 감명 깊게 보았다.
그 이유는 극중의 고등학교가 마치 한국의 교육현실을 연상시켰기 때문이다.
예를 들어 자신의 꿈보단 '넌 커서 변호사가 되어라', '넌 커서 의사가 되어라'
라고 강요하는 것을 영화가 표면적으로 비춰줬기 때문이다. 그리고 이 영화는
오직 규칙 속에서만 살아가는 학생들을 일깨워 주고 있다.

　이 영화는 규칙과 규율을 중요시 여기는 명문고에 자유로운 수업방식을 원
하는 키팅 선생님이 부임하게 되면서 시작된다. 키팅 선생님은 학생들이 무엇
을 하고 싶은지 꿈을 찾게 도와준다. 그중 어느 한 학생이 키팅 선생님에 의해

꿈을 가지게 된다. 그 학생의 꿈은 배우이었지만 부모님이 극히 반대를 하시면서 더욱 엄격한 군사학교로 전학을 보내려고 하자 그날 밤 그 학생은 권총으로 자살을 하고 만다. 그런데 학교 측은 그 책임을 키팅 선생님에게 돌리고 결국 키팅 선생님은 학교에서 쫓겨난다.

내가 이 영화에서 가장 인상 깊었던 장면은 자살 사건이 있고 난 그 다음날 학생들이 그 친구의 죽음에 진심으로 슬퍼하는 장면이다. '내가 죽으면 진심으로 슬퍼해 줄 친구가 있을까?' 라는 의문을 품게 되었기 때문이다. 그리고 키팅 선생님이 쫓겨날 때 학생들이 책상 위에 올라서 "Oh Captain, My Captain."을 연발하는 장면도 매우 인상 깊었다. 선생님은 학교에 처음 부임하게 됐을 때 '선생님이나 키팅처럼 딱딱하게 부르지 말고 차라리 캡틴이라고 불러라' 라고 해서 학생들은 선생님을 기리며 그리고 존경을 표하는 것으로 그를 그렇게 불렀다. 학생이 선생님을 진심으로 존경하는 모습과 이렇게 좋은 선생님을 두었다는 점에서 크게 와 닿았다.

전체적으로 이 영화에서는 아이들의 꿈을 누르는 부모님, 선생님, 그리고 무조건적으로 규칙을 강요하는 학교에 대한 비판이 엿보인다. 그리고 진정한 우정, 훌륭한 선생님 또한 보인다. 사실 우리나라가 키팅 선생님의 사상에 맞추기는 현실적으로는 거의 불가능하다. 그러나 키팅 선생님의 사상에 조금이라도 가까워지면 학생들의 정체성 확립과 더불어 대한민국의 삶의 질 또한 더욱 높아질 것이라는 생각을 해본다.

대가 없는 사랑 – '마당을 나온 암탉'

_ 한제윤

출처 : 영화–마당을 나온 암탉

　몇 달 전 학교에서 '마당을 나온 암탉' 이라는 영화를 보게 되었다. 시간이 없어 다 보지 못해 집에서 다시 보았다. 처음에는 동화가 원작인 애들이 보는 영화라고 생각해 재미없을 것이라 여겼었다. 하지만 점점 그 영화에 빠져가는 나를 발견할 수 있었다. '잎싹' 이라는 암탉이 알을 품고 싶어 양계장에서 탈출을 한다. 그리고 오리 '나그네' 와 수달 '달수' 의 도움으로 자유를 만끽한다. 족제비 때문에 남겨진 오리알을 '잎싹' 이 품게 되고 알이 부화되어 '초록이' 가 태어난다. '초록이' 는 점점 자라면서 자신과 다른 엄마인 '잎싹' 을 멀리하게 된다. 하지만 엄마 '잎싹' 의 사랑을 다시 깨닫고 오리들의 대표인 파수꾼이 된다. 그리고 '초록이' 는 청둥오리 무리와 함께 떠나면서 '잎싹' 과 헤어진다. 이후 겨울에 '잎싹' 은 새끼들 먹이를 구하고 있던 족제비에게 몸을 내어준다.

나는 암탉 '잎싹'이 처음에는 기운 넘치고 건강한 모습이었는데 '초록이'를 키우면서 점점 힘이 빠져가 병든 닭처럼 되어가는 모습을 보면서 마음이 찡했다. 아마 청둥오리에게는 살기에 적합하지만 닭이 살기에는 힘든 물가에서 계속 살아갔기 때문일 것이다. 그런 엄마 '잎싹'의 고생을 몰라주고 자신과 다르다고 멀리하는 '초록이'를 보면서 너무 화가 났다.

그리고는 꼭 내가 가끔 엄마에게 대들던 때가 생각나 더욱 화가 났다. 아마 엄마가 누구보다도 나에게는 편안한 대상이어서 그런 어리광을 부렸지 않았나 싶다. 정말 나쁜 생각이지만 그때는 내가 싫어하는 것이라도 엄마는 싫어하지 않으리라 생각했다. 그냥 내가 싫은 것도 엄마는 태연하게 받아들이리라 생각하고 말겼다. 지금 와서 생각해 보니 정말 후회되고 죄송하다. 영화를 보며 나는 '초록이'에게 말해 주고 싶었다. 엄마라고 상처를 받지 않는 것은 아니라고…….

나는 '엄마들'은 대단하다고 생각한다. 요즘엔 아이를 기르는 것을 포기하고 낳는 것조차 기피하는 사람들도 많다. 하지만 우리를 길러주시는 엄마들은 집안일도 하시고, 돈이 없으면 일도 하러 가시고, 공부하는 우리의 비위를 맞추어 주시고, 좋은 것이 있으면 무조건 우리에게 주시고, 그렇게 '주시고 주시기만' 한다. 과연 엄마들은 힘들지 않아서 계속 우리에게 베푸는 것일까? 답은 당연히 아니다. 우리를 낳아 주셨고 우리를 누구보다도 사랑하시기 때문이다.

그러니 우리는 우리를 낳아주시고 모든 것을 베풀어 주시는 엄마에게 절대 대들거나 상처를 주어서는 안 된다. 이 '마당을 나온 암탉' 동화와 영화는 이런 것을 알려주려 했지 않았나 싶다. 나는 아이들을 위한 애니메이션에 이런 깊은 뜻이 있다는 사실에 놀라지 않을 수가 없었다.

엄마와 싸웠던 아이들, 가정불화로 인해 집을 나간 아이들, 엄마는 나를 공부만 시키는 사람이라고 생각하는 아이들에게 말한다. 이 영화를 보고 엄마라는 위대한 존재와 대가 없는 사랑의 가치를 느껴보라고…….

테이큰(Taken)

_ 장현호

출처 : 영화-테이큰

　어릴 적 길을 잃어서 울면서 가족을, 부모님을 찾아다니거나 혹은 늦게 들어와서 가족을 걱정시켰던 적은 없는가? 나는 덜렁대는 성격 탓인지 그런 기억이 수도 없이 많다.

　어릴 적 성당에서 미사를 마치고 같이 다니는 아이를 따라 그 아이집에 갔다가 길을 잃어 눈물로 얼굴이 뒤덮여 앞이 제대로 보이지도 않는 상태로 계속 달려서 집 근처 구멍가게까지 왔던 적이 있다. 또 한 번은 어릴 적 어머니께서 일하시는 곳에 찾아 가겠다고 집을 나와 걷기 시작해서는, 결국 목적지에 가보지도 못하고 길을 잃어 근처 경찰서에 가서 일 하시던 어머니께 걱정을 끼쳤던 적도 있고, 초등학교에 올라와서는 저녁 늦게까지 노느라 집에 늦게 돌아가서 부모님 두 분께 걱정을 끼쳤던 적도 있다.

'테이큰' 또한 이런 부모님들의 걱정을 담고 있는 영화라 할 수 있다. 이혼한 전직 특수요원의 딸이 친구와 프랑스로 여행을 가면서 납치를 당해 인신매매를 당할 위기에 처하지만 결국에는 아버지가 딸을 구하고 해피엔딩을 맞는 스토리의 영화이다.

영화 중간에 남자가 하는 대사가 있다.

"난 네가 누군지도 뭘 원하는지도 모른다. 돈을 요구하는 거라면 안타깝지만 돈은 없다. 하지만 한 가지 확실한 건 밥 먹고 해온 짓이 그거라 너 같은 놈들이 치를 떨 상대라는 거……. 만약 내 딸을 풀어준다면 조용히 없던 일로 하고 잊어주겠다. 대신 그렇지 않다면 너를 반드시 찾아내겠다. 찾아내서 죽일 것이다."

비록 딸이 납치당하는 그 순간에는 아무것도 할 수 없었지만 어떻게든 딸을 찾아내겠다는 아버지의 강한 의지가 담겨 있다.

'테이큰'을 보고 있으면 진한 부성애가 느껴지면서 아버지의 애환이 느껴지는 듯하다. 딸 앞에서는 뭐든 잘 해주고 자상하고 근엄한 아버지이지만 딸에게 무슨 일이 생길까 노심초사하는 모습도 얼핏얼핏 보이기 때문이다. '테이큰'을 보면서 '혹시 우리 부모님도 저러실까?' 하는 생각을 했다. '영화에 나오는 남자처럼 우리 앞에서는 항상 강한 모습만을 보여 주시지만, 밖에서는 우리들에게 무슨 일이 생기지는 않았을까 걱정하시는 걸까?' 하는 그런 생각들 말이다.

'테이큰'은 해피 엔딩으로 끝이 나고 소원해졌던 남자와 그의 전 아내의 사이가 나아지고, 부녀의 관계가 더 돈독해진다.

영화를 보는 내내 시간이 어떻게 흘러가는지 까맣게 잊고 있었다. 그리고 영화가 끝날 즈음에는 우리 부모님에게 내가 했던 행동들에 대해 되돌아보게 되었다. 평소 나는 집에서 효자 축에는 발을 담그지도 못하는 그런 못난 아들이었던 것 같다. 아버지가 장난을 걸면 단지 내가 피곤하다는 이유로 짜증을 내고 부모님께 작은 일로 투정을 부린 적이 적지 않기 때문이다.

'테이큰'은 나에게 부모님의 두 가지 측면에 대해 생각해 보게 해준 영화, 즉 부모님은 이 세상 그 어느 누구보다 단단하고 강인하지만 한없이 약해질 수도 있다는 것을 보여준 영화이다.

Korea, 코리아

_ 홍창현

'파이팅!'

영화를 보며 가장 감동적인 말이었다. 한국과 북한은 단절된 국가이고 분단된 나라인데 이 영화에선 한국과 북한이 단일팀으로 탁구 대표로 활동한다. 처음엔 항상 그렇듯 갈등이 있었다. 지금 현재의 남과 북 상황처럼……. 1991년 대한민국 탁구 열풍을 몰고 온 탁구선수 현정화는 번번이 중국에 밀려 아쉬운 은메달에 머물고 금메달에 목말라하고 있는데 단일팀이 발표되자 엄청난 충격을 받았다. 선수와 코치진의 반대에도 불구하고 단일팀은 결정되었다. 일본에서 두 나라의 선수들이 모여 대면을 하는 데 신경전이 펼쳐졌다. 여자 복식 팀조를 정해야 했고 한국과 북한 두 팀 중 이기는 팀이 대회에 나가기로 했다. 경기는 막상막하였다. 그러다 마지막 스코어에서 애매한 상황이 연출되었고 두 팀은 서로 이겼다고 주장하였다. 한국팀과 북한팀 전체가 나와서 서로의 승리를 주장하다 한국의 현정화 선수가 실수를 인정해 결국 북한팀의 승리로 확정되었다. 그래서 대회 출전권은 북한선수 두 명에게로 돌아갔다.

실제 경기가 시작되고 일본과 남북단일팀의 대전에서 막상막하의 실력을 보였다. 그러다 3대 3 스코어까지 오게 되었고 마지막 경기인 복식경기가 시작되었다. 북한선수 리분희와 유복순이 한 팀이 되어 경기를 했다. 승승장구하는 리분희와 다르게 유복순은 매우 긴장을 하고 있었는데 아니나 다를까 실수를 범하였고, 결국 유복순의 실수로 남북단일팀은 예선에서 탈락하게 된다. 그후 갈등이 시작되었다. 북한선수와 한국선수들끼리의 신경전은 물론이거니와 양국가의 높은 사람까지 개입되기 시작하였다.

한편, 밤늦게 연습장을 찾은 현정화는 유복순을 모른 척하다가 유복순의 열정에 감동을 하고 서서히 마음을 연다. 유복순이 긴장을 안 하는 법을 가르쳐 달라고 하자 '파이팅!' 이라 소리쳤다. 그후 유복순은 자신감을 찾고 열심히 연습을 하였다.

단일팀 복식팀을 다시 정하게 되었고 리분희와 현정화로 결정이 났다. 두 선수는 서로 신경전도 있었지만 자기의 속마음을 서로에게 이야기하고 서로 공감하는 가운데 같은 민족 사람임을 깨달았다. 그래서 서서히 양팀 선수들은 마음을 열기 시작했다. '파이팅' 은 두 팀을 하나로 엮어주게 되었다. 힘들 때 안 풀릴 때 긴장이 될 때 이 한마디로 인해 선수들의 마음이 하나가 되었다.

난 이 영화를 보고 많은 것을 느꼈다. 역시 우리는 한민족이고 같은 나라 사람이라는 것을…… 영화를 보며 통일의 절실함을 느꼈고 우리가 통일해야 하는 이유를 알게 되었다. 그리고 한민족이라는 감정, 북한 사람들에 대한 사랑을 느끼게 되었다. 통일은 우리 민족이 풀어야 할 가장 절실한 숙제이다. 우리도 북한도 함께 웃으며 지내면 좋겠다. 나를 가장 설레게 하고 행복하게 하며 내게 감동을 준 말을 그들에게 전한다.

'파이팅!'

스텝업4 : 레볼루션

_ 최윤석

출처 : 영화-스텝업 레볼루션

　한참 무더위로 푹푹 찌는 여름날 밤. 주말 밤이라 그런지 시간은 늦게 가고 잠은 안 오는 찰나였다. 밖에서 볼 일을 마치신 어머니는 바깥 공기도 마실 겸 심야영화 한 편 보는 것이 어떻겠냐고 전화를 하셨다. 딱 좋은 타이밍인 것 같아 곧바로 간단히 씻고 집을 나섰다. 택시를 타고 도착한 시내는 늦은 밤이라 조금은 한적했지만 그래도 사람들로 북적였다. 어머니와 난 시내 이곳저곳을 걸으며 바람을 쐬다가 영화관을 찾아갔다. 늦은 밤이라고 하기에는 어울리지 않게 많은 사람들이 영화 시간을 기다리며 앉아 있었다. 꽤 늦은 시간이지만 상영하는 영화들이 참 많았다. 번호표를 뽑고 순서가 오기를 기다렸다. '어떤 영화를 볼까' 홍보용 팸플릿을 이리저리 돌려보며 고민을 하던 중, 예전에 사람들이 추천해준 영화가 떠올랐다. 스텝업 시리즈의 4번째 작품이었다.

'MOB' 라는 무명 그룹의 리더 션이 '유튜브 댄스 배틀에서 천만 조회수를 돌파하면 십만 달러의 상금을 받는다' 는 말에 참가하게 된다. 반면, 거대한 호텔 사장의 외동딸 에밀리는 후계자가 되길 바라는 아버지의 뜻과는 달리 정식 무용단의 프로댄서가 되고자 한다. 에밀리는 호텔 클럽에서 완벽한 댄스를 선보이는 션을 만나고, 그 둘은 서로의 춤에 호감을 가지고 결국 사랑에 빠진다. 어느 날, 션이 살고 있는 동네가 에밀리 아버지로 인해 강제 철거된다는 소식을 듣고, 그는 'MOB' 의 멤버들을 하나로 모으기 시작한다. 에밀리는 춤 안에 자신들의 뜻을 담아 대항하는 그들의 열정적인 모습에 신분을 숨긴 채 팀에 합류하게 된다. 션은 누나가 직장을 알아봐 주지만 춤이 좋아 취직을 하지 않고 자신의 꿈을 꿋꿋하게 끌고 나가고 에밀리는 아버지의 부탁에도 불구하고 션과 함께 춤을 추러 다니고 춤을 배우며 무용단 오디션도 보게 된다. 또 션의 친구 에디는 에밀리의 정체를 알게 되고 'MOB' 의 멤버들에게 사실을 알리고 사건을 일으키기도 한다. 사랑과 우정이 잘 어우러진, 기승전결이 뚜렷한 영화이다.

이 영화가 끝나고 어머니의 눈에는 눈물이 글썽였다. 왜일까? 어렴풋이 짐작이 됐다. 어머니는 말씀하셨다. 꼭 자신을 보는 것 같다고……. 어머니도 현대무용의 꿈을 가지고 어릴 적부터 춤을 추셨고 대학생이 돼서도 춤을 추었다. 상이란 상은 모두 탔었고 해외 유학까지 다녀왔다. 어린 시절을 모두 춤에 쏟아부었다. 그런데 불의의 사고로 허리를 다치게 되셨고 춤을 출 수 없게 되었던 것이다. 가슴이 찡했다.

한편으로 이 영화는 내 얘기 같기도 했다. 나는 어릴 적부터 음악을 좋아했다. 악기를 만지고 노래를 부르고 박자를 타고……. 음악이란 두 글자에 설레고 흥분했었다. 그래서 난 어릴 적 꿈이 가수와 악기연주자였다. 오랫동안 그 꿈을 안고 살아왔다. 중학생이 되고 고등학교 진학을 위해 공부를 하면서 내가 좋아하는 음악과는 자연스레 멀어지게 되었다. 예술고등학교에 진학하고 싶었지만 부모님은 반대하셨다. 어머니의 경험상 나에게 좋지 않을 거라며…….

나는 이 영화 덕분에 느꼈다. 비록 나는 지금 에밀리처럼 당장 꿈을 향해 달려가진 못하지만 언젠가 내가 좋아하는 음악을 꼭 하고 말리라 생각했다. 결국 행복을 찾은 에밀리같이…….

이 영화는 대부분의 내용이 춤과 음악으로 이루어진다. 강한 비트와 부드러운 비트, 격렬한 댄스와 부드러운 댄스. 상반되는 요소들이 보기 좋게 조화를 이루어 보는 이의 가슴을 뜨겁게 불태운다. 초반부에는 강한 비트와 격렬한 춤으로 인해 조금은 거부감을 느꼈지만 이내 그들이 즐기는 모습에 동화되어 나도 함께 어깨를 들썩였고, 단순히 음악으로 귀를 사로잡고 아름다운 춤들로 눈을 현혹시키는 영상이 아니라 보는 이의 마음속 깊은 곳에 열정이라는 것을 끓어오르게 하는 그런 영화였다.

'꿈' 을 저편에 묻어두고 오로지 대학이라는 두 글자를 머리에 새기며 무감각하게 지내던 나를 다시 한 번 돌아볼 수 있게 만든 이 영화는 학벌이 부각되는 세상에서 내가 좋아하는 것이 무엇인가를 생각하게 해주는 뜻 깊은 영화였다.